愛読家、日々是好日《にちにちこれこうじつ》 2

～慎ましく、天衣無縫に後宮を駆け抜けます～

琴乃葉

一二三文庫

目次

1　病の原因

「ねぇ、ねぇ、何してるの？」

わざわざ椅子を出してきて鍋の中を覗《のぞ》き込んでくる陽紗《ヨウシャー》を、明渓《メイケイ》はひょいと抱え床に下ろした。

「危ないので火に近づかないでくださいね」

優しく諭しながら鍋の中を軽くかき混ぜる。

今、明渓がいるのは朱閣宮《しゅかくぐう》の厨《くりや》だ。いろいろあった後、数ヶ月前から侍女として働いており、主に公主《こうしゅ》達のお世話をしている。

朱閣宮には他にも侍女がいるけれど、元妃嬪《ひひん》の明渓にまだ遠慮をしているのか掃除などは任されていない。家柄は彼女達の方が良いぐらいなので、雑用でも何でも命じてくれれば良いのに――と本人は思っている。

侍女達が明渓に遠慮する理由が、別の所にあることに気づいていないのは、本人だけだろう。

「これ食べるつもりなのか？」

振り返ると白衣を着た白蓮《ハクレン》がいて、その腕には「せっかく集めたのに」と眉《まゆ》を八の字にして泣きそうになっている雨林《ユーリン》がいる。

「食べませんよ」

箸で混ぜながら顔だけそちらに向ける。

「白蓮様、こちらは貴方様が来られるような場所ではございませんよ」

兄の宮の厨まで入って来ないでくれる？　を丁寧に伝えるも、返ってきたのは締まりのない笑み。

「韋弦《イゲン》が香麗《シャンリー》妃の検診をする時は必ず一緒に来るって言っただろう？　来てみたら明渓が珍しく料理をしているって聞いたから見に来たんだ」

元服の儀が終わり自分の宮を持てば本来皇族としての業務に就くはずなのに、本人が医学を学ぶことを強く希望した為、再び医官として後宮《こうきゅう》で働いている。

幸い三人の兄がそれぞれ要職に就き政《まつりごと》は滞りなく進んでいるし、病弱の四男は期待されていない分自由だ、というのが本人の見解だった。

白蓮は母が皇后だった為、後宮ではなく皇居で育った。元服と同時に第四皇子の名前は明かされたが、その顔を知っているのは、元服の儀に出たひと握りの高官と皇居で働く一部の人間だけ。

そして、その中で、後宮に入ることができる者は片手の指の数程しかいない。だから、今でも『僑月《キョウゲツ》』の名で、後宮で医官として働くことができるらしい。

ついでに言うと、医官見習いから医官にいつの間にか昇格したようだ。

「食べないなら何のためにこんな物を煮てるんだ？」

白蓮が見つめる先にあるのは鍋でぐつぐつ煮られているドングリ。

「ドングリを侮ってはいけません」

明渓がぐっと箸《はし》を握りしめた。

「あれは私が陽紗様ぐらいの歳《とし》でした」

明渓には従兄弟《いとこ》が二人いる。兄の方は三歳年上で剣術を教えてくれ、弟は五歳下の少し甘えん坊だ。

ある秋の日、三人で裏山に行き、袋一杯に詰めたドングリを両手で抱えて持って帰ってきた。その中から特に形の良い物を選び箱に入れて大事に大事に仕舞った。

あまりに大事にしまい過ぎた幼児はどこに仕舞ったか忘れてしまい、二ヶ月後ひょんな事からその箱を見つけ再び手にとった。だけど、箱の様子がなんだかおかしい。小さな振動が掌《てのひら》に伝わってくるのを不思議に思いながらも、嬉々として蓋《ふた》を開け中を覗き込むと、そこにはドングリの中から出てきた、

「無数に蠢《うごめ》く白い虫が……」

握りしめた手の中で、ピキッと箸にヒビが入る音がした。

「ですから、煮詰めて殺さなくてはいけないのです」

毒薬を作るような視線で鍋を見つめる明渓の口角は、何故《なぜ》か不気味に上がっている。白蓮は明渓の手からヒビの入った箸をそっと取り上げ、新しい物を握らせた。

公主達が首飾りや指輪を作りたいと言うので、湯から取り出し、冷めたドングリに錐《きり》で穴を開け糸を通していく。

でも、これが意外と難しい。不器用な明渓にとってそれは至難の業《わざ》で、切っ先がつるりと滑って小さく丸いドングリにはなかなか穴が開かない。

「痛い！」

「大丈夫か？」

錐が指先をかすめ、血が滲《にじ》む。掠《かす》り傷だと表情を崩さない明渓とは反対に白蓮は慌てて手を伸ばしその指を掴《つか》むと、

「……何をなさるおつもりですか？」

傷口に顔を近づける白蓮に冷たく言い放つ。

「傷口を……」

「まさか舐《な》めようとなさっているわけではございませんよね」

「…………」

ピシャリと言い放つと、白蓮の手を振り払い懐紙で傷口を押さえた。そもそも傷口

を舐めるという行為が衛生上正しいのかも疑わしい。いや、それ以前に侍女の指を舐めようと普通するだろうか。

白蓮は明渓の顔を見て、その凍りつくような冷たい視線に尻込みしながらも、どこか悦に入《い》ったような表情を浮かべた。

何かを誤魔化すように、宙に浮かんだ所在無さげな手でドングリを摘《つま》みあげると、錐で穴を次々と開けていく。

「器用ですね」

明渓が少し羨《うらや》ましそうに呟《つぶや》くと、先程より穴が開くスピードが上がった。褒めた分だけ伸びる子のようなので、煽《おだ》ててこのまま全部やって貰《もら》おうかと不遜な考えが頭をよぎる。

「医局に戻らなくても良いのですか」

「あぁ、今日は香麗妃の検診が最後の仕事だ」

それなら、全部して貰《もら》おうと白蓮の前にずずっとドングリを押しやる。

しかし、高貴な方に穴を開けさせせぼうっとするのは気が引けるので、お茶ぐらいは淹《い》れようかと席を立った。

（お茶菓子は花林糖《かりんとう》があったはず）

「今日は明渓に頼みがあるから雑用は免除してもらったんだ」

嬉《うれ》しそうな声が背後から聞こえ、棚に伸ばした手が止まる。何故か背中に悪寒が走りぞくりと身震いがした。恐る恐る振り返るとニコッと笑う白蓮と目が合う。

「『暁華《シヤオカ》皇后の呪詛《じゆそ》』を解明して欲しい。『七不思議』になる前に」

明渓は一目散に厨から逃げ出した。


厨からの逃亡はあっけなく失敗に終わった。

出たところをこっそり覗き見していた香麗《シヤンリー》妃に捕まり居間に連行されると、今日に限って早く帰ってきた東宮も面白い物を見つけたかのように近寄ってきた。

その結果、居間の卓《つくえ》を四人で取り囲んでいる。明らかに事態は悪くなっていた。

明渓の横に香麗妃、前に白蓮その横に東宮が座るというなんとも居心地の悪い状況で話は進められていくようだ。白蓮はこの面子《メンツ》に気後れすることなく本題に入った。

「明渓も後宮にいたから、その序列については知っているだろう？」

「はい、簡単に申し上げますと皇居にいらっしゃる皇后様は別格といたしまして、四夫人を頂点に妃、賓の順となっております」

四夫人とは、貴《き》妃、淑《しゆく》妃、徳《とく》妃、賢《けん》妃で、現在徳妃は空席となっている。淑妃であり第三皇子の母でもある万姫《ワンチエン》妃を皇后に推す者もいたが、政乱が起こる可能性を危惧《きぐ》し辞退されたと聞いた。

「うむ、その四夫人の一人貴妃の仙月妃《シエンユエ》が原因不明の高熱にうなされている。始まりは半月ほど前で、初めの頃は少し咳《せ》き込むぐらいだったが、そのうち熱が出始め食事を摂《と》るのに支障をきたすほど咳きが酷くなった。今は体調が悪化し、起き上がることもままならず時には呼吸をすることさえ困難になるほど病は進行している」

「たちの悪い流行病でしょうか」

半月前といえば、急に冷え込んできた時期だ。体調を崩す者がいてもおかしくないし、冬場は病が流行《はや》りやすい。

「初めはそう思って風邪薬を渡していたが、症状は日増しに悪くなっていく。韋弦や医官長も診察し、思い当たる病に効く薬を処方したがどれも効果がなくて八方塞《ふさ》がりの状態だ」

なる程、それは大変な話だと思う。思うのだが、

「あの、ご存じと思いますが私には医学の知識がありません。医官様の手に負えないことが私に分かるはずないと思います」

「それは分かっているが、視点を変えれば見える物が変わると言ったのも明渓だぞ」

「……確かに言いましたが、この場合それはちょっと違うのではありませんか」

ここでその言葉を持ち出すのは狡《ずる》い。しかし、眉を顰《ひそ》め不満を口にする明渓を諫《いさ》めたのは意外にも東宮だった。

「まぁ、それはそうなんだが、話には続きがあってな」

お茶をひと口飲み腕を組むと話を続けた。

「貴妃の容体が一向に良くならないことに業を煮やした侍女達が、これは病ではなく数ヶ月前に亡くなった皇后の呪《のろ》いだと騒ぎ始めたのだ。実際、妃の咳き込み具合は異常な程で、食事を摂れずどんどんやつれていくので、侍女達が不安に思うのはもっともな話だ」

……明渓は違う意味で眉を顰めた。

（やけに詳しい）

たまたまこの場に居合わせた東宮がどうしてこんなにも詳しいのか。何だかおかしい。

「侍女達の訴えを聞いた帝《みかど》は大変困られてな。貴妃は齢《よわい》二十五で四夫人の中でもとりわけ若く、帝の寵愛《ちょうあい》も深い上、三年前に生まれた公主は可愛い盛りだ。そんな妃が苦しんでいるのだから何とかしてやりたいと思われてはいるのだが、大々的にお祓《はら》いを行うわけにもいかない。……どうしてか分かるか？」

いきなりの問いに少々面食らいながらも、明渓は考えを巡らせる。嫌な予感はひとまず頭の隅に寄せ、指で顎《あご》をトントンと叩《たた》き目を宙に彷徨《さまよ》わせる。

「……お祓いを行えば、それが皇后様の呪いだと認めたことになります。非業の死を迎えた妻をさらに貶《おとし》めるように感じられ躊躇《ためら》われたのではありませんか」

「うむ、おそらくそうだろ」

東宮は満足気に頷《うなず》くと、組んでいた腕をほどき明渓の方に膝を向けてきた。

「そこで私は進言したのだ。我が宮には洞察力に優れた聡明な侍女がいる。いい解決策を思いつくかも知れないと」

（何を勝手に進言されてるんですか！）

明渓は心の中で叫んだ。

そして先程から感じている違和感の正体に思い至る。

（ちょっと待って、もしかして……）

明渓がゆっくり見渡すと、六つの目玉がじとっと自分を見ているではないか。

（今、ここに四人で座っているのは偶然じゃない……。扉の前にいた香麗妃も、早く帰ってきた東宮も、皆……口裏を合わせていた‼）

明渓は呆然《ぼうぜん》とした表情で、背もたれに寄りかかった。

今更逃げることはできない、いや、そもそも始めからそんなことは侍女の明渓に許されていない。

「帝はそのことを貴妃に伝えると、妃は是非その侍女に会いたいと涙目で訴えてきたそうだ」

「……分かりました」

その言葉以外の選択肢が明渓に残されていただろうか。


次の日の午後、後宮へと続く門へ向かうと、宦官《かんがん》長がわざわざ出迎えてくれ、貴妃のいる紅玉宮《こうぎょくぐう》まで連れて行ってくれた。

貴妃の住む紅玉宮は、桜奏宮《おうそうぐう》と比べ物にならないほど大きく立派な造りをしていた。朱色の柱は毎年新しく塗られているのだろう、白壁に鮮やかに映えている。入り口まで迎えにきた侍女は依依《イーイー》と名乗り紅玉宮の侍女長をしているらしい。

ちなみに、最下位嬪であった明渓は貴妃とは面識がなく、元嬪だとは気づかれてはいない。

案内されるままに入った居間は桜奏宮のそれより三倍ほど広く、凝った装飾がされた長椅子に顔色の悪い女性が体を預けるようにして座っていた。長い黒髪に艶はなく大きな目の下は窪んでいる。寝間着の上に羽織っている衣は立派な作りだが、やつれた顔には貴妃としての華やかさはなく時折苦しそうに咳き込んでいた。

「そなたが呪詛を解くことができる東宮の侍女か」

「……‼」

予想外の言葉に下げていた頭を思わず上げる。呪詛を解くとはどういうことか。

「朱閣宮《しゅかくぐう》で働いております明渓と申します。あの……しかし私は……」

「帝の推薦とあればこれほど心強いことはない。こたびのこと宜《よろ》しく頼む」

すがるような弱々しい笑顔を向けられては、否定したくてもできず。曖昧な笑みを浮かべていると、貴妃が咳き込み始めた。隣に立っている依依が、貴妃に水を渡し代わりに話を続ける。

「帝が推薦されるぐらいですから、その能力は確かなものだと信じています。それで、どのようにして呪いを解くのですか？　必要な物があれば遠慮なく言ってください」

期待に満ちた瞳でこちらを見てくる。

どうやら、東宮、帝、侍女達の口を経るうちに話は都合よく変えられ、『呪詛を解くことができる』侍女が来ると変換されたようだ。できれば本当のことを言いたいところだが、言えば誰が話を聞き間違えたのかと問い詰められかねない。

それに、貴妃の苦しそうな姿を前にし、主人を心配し集まった侍女達からの縋るような視線を受けては、今更「違う」とは言いづらい。

頼られ、頼まれると断れないのが明渓で、その性格故つらい目にも遭った。

でも、性格というのはそうそう変えられるものではない。

明渓は諦めたように、小さく息を吐いた。

「ではまず一つ質問をしてもよろしいでしょうか」

依依が頷くのを確認してから明渓は視線を再び貴妃に向けた。

「私が聞いた話では、貴妃様は起き上がることもできない状態とのことでした。今日はこのように座っていらっしゃるのは、偶然体調がよろしいのでしょうか？」

時折激しく咳き込みはすれど、東宮から聞いていた症状よりは幾分か良いように見える。

「ではまず、貴妃様が体調を崩された頃からの話をさせて頂きます」

――そういうと依依は紅玉宮で起こった『呪詛による怪異』について話し始めた。

半月前、軽い咳から始まった妃の体調は日に日に悪化していった。特に夜になるとその症状は重くなり呼吸困難に陥ることもあった。

主《あるじ》が苦しんでいるのに、医官は全く役に立たない。

苛立《いらだ》ちが宮を覆い始めた頃、「暁華皇后の霊が寝室を訪れ、呪詛をかけているのではないか」と一人の侍女が言い出した。若く帝の寵愛も深い貴妃を妬み毎夜現れるのではないかという想像は、暁華皇后の恐ろしさを知っている侍女達にすんなりと受け入れられた。

その話を聞いた侍女の月影《ユエイン》が、それなら自分が妃の代わりに寝室で寝て正体を暴くと名乗りを上げた。

寝室を代わってから三日。暁華皇后は姿を見せなかったが、部屋を代わった貴妃の体調が良くなってきた。相変わらず咳き込みはするも食事を摂れるほどに回復し、そしてそれに比例するかのように今度は月影が体調を崩し始めた。

症状は貴妃と同じで初めに軽い咳が、それが二日目には激しいものに変わり、三日目には息をするのも苦しいほどになった。さすがにこのままでは危ないと、昨日からは自室に戻ったらしい。

依依が明渓の両手を握り涙目で訴えてくる。

「お願いします。どうかこの呪いを解いてください」

「……できる限りのことは致します」

こうなったら出たとこ勝負だ。明渓は半ば開き直り答えた。

「では話に出てきた月影さんにもお話をお伺いしたいのですが」

「分かりました。案内いたします」

そう言うと、依依は明渓を月影の部屋へと案内した。

さすが貴妃の侍女だけあってその部屋は広く、寝台も大きな物が置かれていた。広さだけであれば、最下位の嬪であった明渓と同じぐらいかも知れない。侍女にしてはかなり立派な部屋だった。

しかし、月影はぐったりと布団に横たわり目を閉じている。眉間《みけん》に皺《しわ》を寄せ、ヒューヒューという音を喉《のど》から鳴らし寝る様子は、安眠とは程遠く見ていて痛々しい。

依依は起こそうかと訊いてきたが、明渓は首を振り、その代わりに庭を見たいと頼んだ。

換気のためだろうか、部屋を出る前に依依は窓を少し開けた。

「寒くはありませんか？」

「直ぐに閉めるので問題ありません。医官様にも換気をするように言われておりますし、貴妃様の時は窓を暫《しばら》く開けていると咳が楽になられたのですが……」

「月影さんは違うのですか？」

「貴妃様に比べ効果は少ないように思います。でも少しでもよくなればと、こまめに開けるようにしています」

二人の症状は全く同じということではないようだ。

外を見ると夕刻にはまだ時間がある。

貴妃の庭を勝手に彷徨《うろつ》かせて欲しいという、図々しい頼みも、依依は二つ返事で受け入れてくれた。

明渓は期待が込められた視線を幾つも背中に感じながら、半ば逃げるように庭に飛び出す。

「うーん」

両手を上げて大きく伸びをひとつ。肩にかかる無言の重圧が重く、自分で揉《も》んでみるも気休めにさえならない。できることならこのまま逃げ出したいと心底思った。

(とりあえず一周して見ようかな)

何か良い案があるわけでも、当てがあるわけでもないが、ひとまず桜奏宮の五倍程はありそうな庭を時計回りに歩くことに。

半周程回り宮の裏側までくると、子供の声が聞こえてきた。宮の陰から顔だけ出して覗くと、三歳ぐらいの公主が泣いており、それを侍女が必死で宥《なだ》めている。

普段手のかからない子供でも、泣いたりぐずったり癇癪《かんしゃく》を起こす時は必ずあり、明渓も常日頃からそれに付き合わされているので侍女の気持ちが痛いほどよく分かった。思わず拳を握り侍女を応援する。

公主は手に袋を持ち、木の上を指差し何かを訴えている。侍女は仕方なく懐からもう一袋取り出すと公主の掌にパラパラと中身を置いた。すると、それを待っていたかのように小鳥が数羽掌に乗り競うように啄《ついば》み始める。

置いたのは餌だろう。小鳥達は公主の肩や頭にも乗り、それがくすぐったいのか先程まで泣いていたのにもう笑い転げている。随分懐いているので、餌をやるのが日課となっているようだ。

鳥達が木の枝に戻ると、公主は気が済んだのか手を引かれ立ち去っていった。

明渓は木の下へ行き見上げると、つぐみが数羽いる。雀に似ているがひと回り大きく腹の模様がくっきりしているのが特徴だ。

ゴホッゴホッと後ろの窓から咳き込む声がしたので振り返る。

(月影の咳かな)

位置から考えてそうだろう。苦しそうな咳に何とかしてあげたいと思う、思うけれど。

(呪詛ね……)

そんなもの存在するはずないのにね、と明渓は鳥に向かって一人愚痴《ぐち》た。


その夜、明渓の寝床として案内されたのは貴妃の寝室だった。どういう意図でここに案内されたのかは聞かなくても分かっている。しかしいくら呪詛の正体を見極めるためとはいえ、目の前にある豪奢《ごうしゃ》な寝台で眠るのは憚《はばか》られるというもの。

(皇后の霊が仲睦まじい帝と貴妃様に嫉妬して出てきた……)

霊は信じていないが、後半部分がなんとも艶《なま》めかしい。妃嬪として入内《じゅだい》しているので全く知識がないわけではないが、自分にはまだまだ無縁のことだと思っている。

「あの、長椅子を用意して頂けませんか？　貴妃様と同じ寝台に寝るのは畏《おそ》れ多いですから」

「いえ、そちらでお休みください。貴妃様もそのように仰《おっしゃ》っておられますから」

依依《イーイー》はそれだけ言うと、そそくさと部屋を出ていった。夜、この部屋にいることが嫌なのだろう。

(そういえば月影もこの部屋で寝たと言っていたわね。いくら呪詛の正体を見極める為とはいえ抵抗はなかったのかしら)

しかも、自分から言い出したというではないか。

明渓は眉を顰め寝台を半目で見るも、ここで寝るしかないかと諦める。しかし、布団を捲《めく》ったところで、はたと手を止め目を見開く。

(軽い)

これはもしかして、と思い布団の端の糸を解くと中から出てきたのは鳥の羽根だった。

(羽毛布団というものではないかしら！)

明渓の目が輝き始める。この国では通常綿の布団を使う。羽毛を布団に使うには、羽根についている埃《ほこり》や虫を取り除き、丁寧に水で洗った後はしっかりと乾かさなくてはいけない。生乾きでは匂いが残ってしまうからだ。手間がかかるが故、高級品で、とてもではないが明渓が手に入れることができる品ではない。

（それならそうと早く言ってよ）

急に機嫌を直し自分勝手な独り言を呟くと、さっきまでの戸惑いはどこへいったのか、嬉々として布団に潜り込んだ。

（あったかい）

軽いのにあったかい、こんな物が世の中にあるなんて。しかも、羽毛は明渓の体温を逃さないのでどんどん暖かくなる。布団に顔を埋め暫く羽毛布団を堪能するかのように、もぞもぞ動いていたがそのうちそれは穏やかな寝息へと変わっていった。

朝、扉を叩く音で明渓は目が覚めた。もっと布団に包まれていたいけれど、貴妃の寝台で微睡《まどろ》む訳にもいかず、名残惜しそうに布団から出て扉を開ける。

「おはようございます。ご気分はいかがですか？　……あの、それで何か分かりましたか？」

朝から期待のこもった視線を注がれるのは困ったものだと思いながら、明渓は昨夜布団に包《くる》まりながら書いた文を渡した。

「これを医局にいる僑月様に届けてください」

そして明渓はにこりと微笑《ほほえ》むと、

「呪詛を解きましょう」

そう、明言した。

半刻《はんとき》もしないうちに白蓮が息を切らせてやってきた。そんなに走って、頼んだ物は大丈夫かと心配になってくる。

「これでいいのか？」

少々複雑な顔をしながら一尺程の大きさの包みを受け取ると、揺らさないよう気をつけて卓に置いた。貴妃や侍女達が包みを囲むように集まってくる。

「明渓、この包みの中にそなたが呪詛を解くのに使う道具が入っているのか？」

用意された椅子に腰掛けながら貴妃が問いかけた。昨日よりさらに体調は良くなっているように見える。

「いいえ、道具ではなくこれこそが『呪詛』そのものでございます」

「呪詛そのもの……？」

明渓の言葉に依依が貴妃を庇《かば》うように前に立つ。

「ど、どうしてそのような物を持ち込むのですか⁉　助けてくれると言ったではありませんか」

（助けると言った覚えはないんだけれど……）

解釈のズレとは恐ろしいものだとつくづく思いながら、明渓は包みの結び目に指をかけた。それを見た侍女達は潮が引くように遠ざかっていく。

遠目から侍女達が見守る中、はらりと解かれた包みから出てきたのは。

「……鳥か？」

「はい、鳥です。ただ、この鳥がとか、鳥の持ち主が呪詛をかけたという意味ではありません」

「ではどういうことだ？」

貴妃の問いに、明渓は白蓮に視線を向けながら答える。

「医官様はご存じだと思うのですが、ある特定の食べ物を受け付けない人が世の中には一定数おります。好き嫌いではなく食べると体調に異変をきたし、時には命にも関わることもあるとか」

「あぁ、知っている。生まれつきの場合もあるが、ある日突然受け付けなくなる場合もある」

（ちゃんと勉強しているじゃない）

どうも白蓮に対しては姉目線で見てしまう。白蓮は、籠《かご》の中の鳥を見ながら首を捻《ひね》る。

「では、鶏肉が原因なのか？　それは聞いたことがないぞ」

「肉、ではございません。原因は羽根です」

「羽根だと？　妾《わらわ》にも分かるよう詳しく話せ」

驚きの表情でそう言う貴妃の前に、明渓はゆっくりと鳥籠を持って行った。すると、妃は突然咳き込み始め、慌てて依依が背中をさする。

予想以上の反応に明渓は慌てて籠を卓に置き、布を上から被《かぶ》せた。

（しまった。近づけすぎたかも）

「窓を開けてください。空気を入れ換えましょう」

明渓の言葉に侍女達が慌てて窓を開ける。皆が落ち着くのを待ってから明渓は再び話を始めた。

「貴妃様が使われているのは羽毛布団です。半月程前から急に寒くなりましたので、その頃から使用され始めたのではないですか。おそらく、体調を崩されたのも同じ時期かと」

明渓の問いかけに依依が頷く。

「医官様、身体《からだ》が受け付けないにも関わらず摂取し続けるとどうなりますか？」

「症状は悪化し続けるだろうな。蕁麻疹《じんましん》や咳が出て、時には気道が塞《ふさ》がり呼吸困難になることもある」

あっ、と侍女達が呟き顔を見合わせる。貴妃が僅《わず》かに衣の袖を引っ張ったので、腕に蕁麻疹ができているのかも知れない。

「逆に摂取を止めれば症状は緩和します。貴妃様の容体が良くなったのは、部屋を替わられ羽毛布団を使わなくなったからでしょう。換気をし空気を入れ換えることも幾分かは効果があったと思われます」

「では、侍女についても……」

貴妃の問いに明渓は頷く。

「はい、貴妃様と同様です。それから、これは臆測ですが、お二人には血の繋がりがあるのではありませんか？」

「あぁ、月影《ユエイン》は私の異母妹だ」

姉妹で入内させるのは決して珍しいことではない。親としてはどちらかが帝のお眼鏡に適えば万々歳だし、妃にしても敵ばかりの後宮で身内がいるのは心強い。そして姉妹であれば寝台を使うことに他の侍女ほど抵抗はないだろう。

(侍女にしては良い部屋だと思った)

「血の繋がりがあれば、体質も似てきます。きっと月影さんも鳥の羽根を受け付けないのでしょう。また、彼女の部屋の窓を開けても効果が薄かったのは、窓の近くで公主様が鳥に餌をあげていたことが関係します。おそらく鳥が頻繁に飛来してきていたのではないでしょうか」

「……なるほど。そなたの言うことは理解できた。確かに妾《わらわ》の体調が崩れたのは、あの布団を使い始めてからだ。では、これからどうしたらいいのだ？」

明渓はその問いに、にこりと微笑み白蓮の背を押した。

「その説明は私がするより医官様が適任でございます」

２　鳥の鳴き声

卓《つくえ》に置かれた鳥籠の中を公主達が好奇心たっぷりの瞳で見つめている。籠の隙間から細い指を入れてどうにかしてその黄色い羽根に触れようとするも、鳥は籠の中央の止まり木から動こうとしない。

「陽紗《ヨウシャー》様、雨林《ユーリン》様もう眠る時間ですよ。お布団に入りましょう」

明渓が優しく寝室に誘《いざな》うも二人は動きそうにない。

しかし晩酌《ばんしゃく》を終えた東宮が「父様が面白い話をしてやるぞ」と言うと、あっけない程簡単に二人は笑いながら駆け寄って行った。東宮も満面の笑みで二人を受け止めると、軽々と抱え上げ明渓を振り返る。

「俺が戻るまで相手をしてやってくれ」

それだけ言い残して部屋を出て行った。

（一緒に寝落ちしませんか？）

と疑いの視線を立ち去る背中に送ったあと、明渓は一人で酒を飲む貴人のもとに鳥籠を持って行く。

「青周《セイシユウ》様、早朝から鳥を貸して頂きありがとうございます」

「気にするな。それより呪詛を解くとは流石《さすが》だな」

揶揄《からか》いながら、座れと目の前の椅子を指差し新しい杯《さかずき》を明渓の前に置いた。

白蓮《ハクレン》が毎日来るのに対し青周は週に一、二度朱閣宮《しゆかくぐう》を訪れる。

朱閣宮に来たばかりの頃、元服した兄弟がこんなに頻繁に交流しているのが少し意外で「仲がよろしいのですね」と言うと、香麗《シヤンリー》妃は意味あり気な目で明渓を見て「仲が良くなりたいのですよ」と言ってふふふと笑った。

「今日は後宮で流行っている珍しい物を持ってきた」

明渓が椅子に座るのを待って、青周は足元に置いていた物をドンと卓に置く。ぐるりと風呂敷で包まれていて、中身は分からないがその形《シルエット》はどう見ても酒瓶。明渓の形の良い目が一回り大きくなり、眉がピクリと上がった。

「中身が知りたいのだろ？　よく顔を近づけて見てみろ」

言われるがまま、明渓が鼻先が付きそうな程酒瓶に近づくと、青周は勢いよく風呂敷の結びを解いた。はらり、と濃紺の風呂敷が目の前を通り過ぎると、つぶらな黒い二つの瞳とバチリと目が合う。目の周りは小さなウロコに覆われ、半分開かれた口からは先が二つに分かれた赤い舌がチロチロと出ている。

「……！　！　！」

ガタッと椅子を倒し飛び跳ねるように立った明渓の声が、宮内に響く。

「蛇酒《へびしゅ》！　！　！」

ニヤリと青周が笑うも、それは一瞬のこと。

明渓は次の瞬間には満面の笑みを浮かべ、それを抱きかかえた。

「あぁ、ありがとうございます。それも、これは珍しい異国の蛇を使った品ではございませんか！　首が平く模様が入っているこの蛇は、ここよりずっと西にある国で最強の毒を持つと聞く貴重な種」

今度は灯《あか》りに翳《かざ》すように持ち上げ、うっとりと中を覗き込む。

「こんな間近に見ることができるなんて……」

潤んだ瞳、心なしか頬も赤い。

「……驚かないのか？」

「驚いていますよ。昔、父が飲んでいるのを少し貰おうとしたら、『蛇酒は大人の飲み物だ』と言われ飲めなかったのです。それが今私の目の前にあるのですよ！」

大抵の酒はくれるのに、蛇酒だけは貰えなかった。だから、一度は飲んでみたいとずっと思っていたのだ。

明渓は高ぶる鼓動を抑え蓋《ふた》を開けようとしたところで、はっと気づく。

（青周様は『持ってきた』と仰ったけれど、『やる』とはひと言も仰っていない。それにも関わらず、頂いたと思い込んだあげく、飲む気満々で蓋を開けようとするなんて）

明渓は自分の図々しさに頬が赤らむのを感じながら、酒瓶からそっと手を離す。

ちなみに、蛇酒が後宮で流行っているのは、皇后を亡くし気落ちしている帝のために精力がつくものをと宦官長が用意したのが始まりだった。予想を上回る効果に後宮でちょっとした流行りになっているが明渓はそんなことは知らない。

目の前の酒瓶を潤んだ瞳で見つめ続ける。

（欲しい……）

もう一度それを手に取る。

（少しだけでもいいから……）

「青周様……」

思い詰めたような表情の明渓を訝《いぶか》しげに青周が見る。

「飲まれますか？」

目の前には新しく用意された杯もある。青周が飲めば自分も飲めるのではと考えてのことだった。

しかし、頬を赤らめ上目遣いでおずおずと精力剤を勧める姿は如何様《いかよう》にも取れてしまう。

「それは……」

青周はゴクンと唾を飲み込み周りを見渡す。

「場所を変えないか？」

「何処《どこ》にですか？」

明渓は不安気に首を傾《かし》げた。

「青龍宮に」

とんでもないと、首を振る。青龍宮で飲んだら残った酒を持って帰れるか分からない。

しかしそんな様子を気に留めることなく、青周は明渓の腕を掴《つか》み立ち上がらせようとする。

その時、背後から細い指がすっと伸び、その逞《たくま》しい肩を押さえ込むと再び椅子に座らせた。

青周が恐る恐る振り返ると、いつの間に来たのか香麗妃が口元にだけ笑みを浮かべ見下ろしている。目が笑っていない。

「明渓は私の侍女よ」

妃はそれだけ言うと扉の向こうに立ち去って行った。

あまりに都合《タイミング》よく現れた香麗妃に面食らいながら、青周は扉が閉まるのをとても注意深く見る。それこそ一分の隙間も空いていないか目を細め確認すると、ため息とともに明渓の腕から酒瓶を取り上げ蓋を開けた。

杯に注ぎ卓に置くと、中の蛇と目が合ったのか鳥が騒ぐので、鳥籠を床に置く。

「皇后様が飼っていらっしゃった鳥と聞いております」

酒を口にする青周を見ながら、明渓も杯を手に取る。

「あぁ、生前可愛がっていたものだ。……にしてもこれはきついな」

「はい、かなり強いお酒ですね。独特の臭みが却《かえ》って癖になります」

「……そうか」

上機嫌でぐいぐい飲み干していく明渓を、青周は片肘《ひじ》を突いて眺める。その口角は少し上がり、目は優しく細められていた。大抵の女なら宮中きっての美丈夫がそんな顔をすれば頬を赤らめ、ともすればしなだれかかるものだが、明渓は酒瓶に入った蛇を見つめるばかり。

「そう言えば……」

ふと思い出したように蛇から青周へと視線を移す。

「白蓮様に『暁華《シャオカ》皇后の呪いが七不思議になる前に解明して欲しい』と言われたのですが、七不思議とは何のことですか？」

「あぁ、それは前皇帝が身罷《みまか》られた時に、宮中で帝の幽霊を見たとか、火の玉が飛んだとか……あと死人も出たな、そういった奇妙なことが立て続けに七件ほど起きてな。原因不明なことが大半だった故、帝の霊による七不思議として今でも宮中で語り継がれている」

ブルッ

部屋は火鉢で暖められているのに、明渓は背中に悪寒が走るのを感じた。しかし、それは決して霊を恐れてのことではない。

（七件……）

脳裏をよぎる悪い予感を振り払うように蛇酒をグビッと飲み干した。

＊

「ですから、私は医官でして……」

白蓮は中級妃梅露《メイルー》を前に先程から何度も同じ言葉を繰り返す。

「では、噂の侍女を連れて来ればよいだろう」

「そう言われましても、私の一存では……」

「ならお前がどうにかしろ」

「ですから、私は……」

そして会話は同じところを数度行き来した後、

「いいからその侍女に話を通して連れてこい！」

最終的にそう命令され、白蓮は宮を追い出された。

＊

「それで、白蓮様は私にどうしろと仰るのですか」

明渓は杯に蛇酒をなみなみと注ぎながら、目の前にいる貴人をもはや遠慮することなく睨《にら》みつけた。

場所は朱閣宮の居間、宮の主人達は早々に寝室に引き上げ今は二人だけだ。

始めはお茶を飲みながら話を聞いていたが、話が『暁華《シャオカ》皇后の呪詛』に及ぶと「お酒を呑みながらでもよろしいですか？」と言って、自室から蛇酒を持ってきた。

（飲まなきゃやってらんない）

明渓はグビグビとひと息に飲み干し、音を鳴らして杯を卓に置いた。向かいに座っている白蓮はその音に身体をビクッとさせたあと、慌てて明渓の杯に酒を注ぐ。

事の始まりは、梅露妃の侍女の知り合いの知り合いの……知り合いが貴妃の侍女と仲が良かったことから始まる。

貴妃の宮で起きた怪異と、その怪異を解くのに使われたのが暁華《シャオカ》皇后の鳥だったことが人づてに伝わり、梅露妃の耳に入る頃には『鳥が皇后の呪詛を呼び寄せる』と変換された。確かに貴妃の病の原因は鳥が招いたと言えなくはないが、決して呪詛ではない。しかし、何故かその部分が欠落したまま噂は広まった。

帝はかつて数回、梅露妃の元を訪れたことがある。二十歳の妃が後宮に入内したのは三年前、その間に数回しかなかった訪れをこの妃は今でも自慢に思っていた。白い肌と少し垂れた目は一見儚《はかな》げに見えるが、気性はきついらしい。

そして、貴妃が呪われたなら帝の寵愛を受けた自分が呪われても不思議ではないと言いだした。まるで、呪いを帝の寵愛を計る目安《バロメータ》のように捉えているかのようだ。

そんな折、飼っていた鳥が今まで聞いたことがない鳴き声を出して突然暴れ出したという。それを見た梅露妃は、これこそ皇后の呪詛だと騒ぎ始めた。

鳥を持って貴妃の宮を訪れた医官の名を調べ宮に呼び寄せると、呪詛を解けと無理難題を言い、白蓮が出来ないと言うと、それなら侍女を呼んで来いと言う。

「それでだな……出来れば一度梅露妃の元に行ってくれないだろうか？」

「行ってどうしろと仰るのですか？　要は、『鳥の様子がいつもと違う』ことを呪いだと騒ぎ立てているだけですよね？」

もうここまで来ると、言いがかりにしか聞こえない。いや、実際のところ明らかにこじつけだ。

「明渓が言いたいことは分かる。痛いほど分かるのだが、このままでは埒《らち》が明かないのだ」

「私が行っても、何も変わらないと思います」

「まぁ、そうなんだが、……しかし、鳥が突然妙な声で鳴き出したのは本当らしい。気にならないか？」

杯を持ち上げた明渓の手が止まる。

その反応を白蓮は見逃さなかった。

「その奇妙な鳴き声、聞いてみたくないか？」

もう一年以上の付き合いだ。白蓮も彼なりに明渓の性格を掴《つか》んでいる。

明渓は何か考えるように、杯を口元に持っていきゆっくりと酒を飲んだ。

（確かに気にはなる。なるけれど、はい、分かりましたと素直に依頼を受ける気持ちには……なれない！）

期待が込められた視線をひと睨《にら》みで弾き飛ばすと、すっと席を立つ。白蓮が怒らせたかもと不安に思っていると、明渓はすぐに戻ってきて、手に持っている新しい杯をコトッと小さな音をさせ白蓮の前に置いた。

「分かりました。では一度梅露妃様の元へ参りましょう。ところで、一人で飲むのは味気ないので、一杯付き合ってください」

意地の悪い微笑みを浮かべてそう言うと、持ってきた杯にドクドクと酒を注ぐ。

明渓は気づいていた。先程から白蓮が一度も酒瓶を見ようとしないことを。酒を注ぐときでさえ、目線を酒瓶には向けなかった。

だから、あえて酒瓶の蛇がよく見えるように目の前にそれを置く。

「うっ」

白蓮は小さく呻《うめ》くと、透明の液体の中から自分を見つめる真っ黒で小さな目から顔を逸《そ》らした。

「青周様は私が注《つ》いだ酒を飲んでくださいましたよ」

「‼」

白蓮が椅子を鳴らして勢いよく立ち上がる。

「二人で飲んだのか！　これを⁉　どこでだ？」

急に焦り問い詰めてくるので、明渓は少々面食らいながらも卓を指差す。

「朱閣宮のこの場所で、です」

一拍のち白蓮は、安心したかのように「そうか」と呟くと、再び椅子に座り背もたれによりかかるとほっとひと息ついた。

「……あの、何を寛《くつろ》いでいらっしゃるのか分かりませんが、飲んでくださいますよね」

明渓がもう一度ジロリと睨むと、僅《わず》かに悦に入ったような表情を覗かせた。どうも彼の中で何かが目覚め始めているようだ。

白蓮は酒瓶から目線を逸《そ》らせたままおずおずと杯を手にすると、中に注がれた透明の液体を暫く見つめた後、覚悟を決め目を瞑《つむ》り、

グビッ……グビグビ、グブッ

一気に喉に流し込んだ。

最後、若干むせていた。

「いかがですか？」

形の良い目をにんまりと細める。

「……なんだか、身体が火照《ほて》ってきた」

「他には？」

「……その、何と言うか、下っ腹のあたりが熱くなる……というか……」

(胃の中で酒が回ると言うことかしら)

急にもじもじと身体をくねらせ始めた白蓮に小首を傾げながらも、明渓は自分の杯に酒を注ぎぐびぐびと飲んでいく。少し溜飲が下がる。

しばらく落ち着きなく目線を彷徨《さまよ》わせていた白蓮だが、その動きがピタリと止まった。

そして、突然席を立ったかと思うと、明渓の座る長椅子の隣に腰を下ろしてくる。明らかに距離が近い。

「……白蓮様？　どうされましたか？」

いつもと違う様子にやりすぎたかもと、心配になって顔を覗き込む。

まだあどけなさを残している目が潤み、憂いを帯びたようにトロンとして、熱を含んだ視線を明渓に向けてきた。赤らんだ頬で優しく微笑む姿は、普段の白蓮から想像できないくらい甘い色気を含んでいる。

（酔っている？）

「口直しにお水を用意いたします！」

慌てて立ちあがろうとした明渓の細い腰を、白蓮の腕が逃すまいとぐいっと引き寄せた。布を挟んで接している部分から伝わってくる熱と、予想外の力強さに驚いていると、白蓮は空いているもう片方の手で明渓の髪を一束掴み上げ、あろうことかその髪に唇をつけた。

「綺麗《きれい》だ」

「……白蓮様？」

手が髪から離れ、明渓の頬に触れる。まるで愛しむかのように頬を撫《な》で、耳朶《じだ》を弄《もてあそ》ぶように摘《つ》まむと今度は唇に触れた。

突然のできごとに明渓は呆然《ぼうぜん》として動けない。

顔が次第に近づいてきたかと思うと……

後ろから太い指がずいっと伸びてその頭を鷲掴《わしづか》みにした。

見上げると、いつの間に来たのか東宮が立っていて、顔を引き攣《つ》らせている。

「明渓は朱閣宮の侍女だ」

そう言うと、そのまま白蓮を引き摺《ず》り宮の外へと放り出した。

「酔いを覚ませ！」

庭先から声が聞こえ、次いで扉がバタンと閉められる音がした。

あまりに都合《タイミング》よく現れた東宮に面食らっていると、東宮は一言「済まなかった」と言って寝室へ繋がる扉へと向かって行く。

明渓は扉が閉まるのをとても注意深く見る。それこそ一分の隙間も空いていないかを目を細め確認すると、大きなため息をつき、残った酒を一気に飲み干し自室に戻って行った。

次の日、太陽が南中した頃、朱閣宮を一人の侍女が訪れた。

「初めまして明渓さん、梨珍《リゼン》と申します」

切れ長の涼しげな目。それを縁取る長い睫毛《まつげ》が影をつくり、憂いを帯びた目元が印象的な女性は、そこにいるだけで色香を放つ。

「お手間をおかけして申し訳ありません。宜しくお願いします」

明渓は深々と頭を下げる。

「いえ、お気になさらず。他でもない香麗《シャンリー》妃のご依頼ですから」

梨珍はたおやかな笑みを香麗妃に向けた。年は二十代後半だろうか。一つ一つの仕草がしっとり美しく、柔らかな雰囲気を纏《まと》っている。

香麗妃が梨珍を呼んだのは、明渓に化粧を施すため。

中級妃である梅露《メイルー》妃の宮には、明渓の顔を知っている侍女がいるかもしれない。下級嬪から東宮の侍女になるなぞ異例のこと。妃嬪であったことが知られれば説明が難しく煩《わずら》わしい。

そのことを香麗妃に相談したところ、化粧で別人になりすませばよいと、化粧上手な侍女を呼んでくれた。

「あら、帝好みの白いもち肌ね。それから凛《りん》とした目の形がいいわ。……でも、そうね……ちょっと色香が足りないって言われない？」

「……言われます」

肌に粉をはたきながら梨珍が痛いところを突いてきた。男に媚《こ》びを売るような性格ではないが、親や親戚から「整った顔なのに色香がない」とぼやかれていたことを思い出す。そして、こんなに色香溢《あふ》れる方に言われては返す言葉もない。

この瞬間、明渓の化粧の題目《テーマ》は色香に決まった。

一刻後、化粧を施された明渓と白蓮は梅露妃の宮に来ていた。

目元を桃色の粉ではんなりと色づかせ、墨《アイライン》で少し垂れ目ぎみにし眦《まなじり》と唇に朱を入れる。それだけで、いつもの強い目元が優しく憂いを帯びたものとなり印象が随分と変わった。

白蓮はチラチラと明渓を盗み見る。口元を半開きにするも、あまり近づいてこないのは、彼なりに昨晩の行いを反省しているからだろう。

「梅露妃様、件《くだん》の侍女を連れて参りました。鳥の鳴き声について詳しくお聞かせいただけませんでしょうか」

「あぁ、その事なんだがな……」

白蓮の言葉に対し梅露妃はなんだが歯切れが悪い。おまけに視線も定まらない。

「まずはこの侍女に鳥を見せて頂けませんでしょうか？」

「……た」

「はい？」

「逃げたと言っているのだ‼　お前達が来るのが遅いからこんなことになったのだろう‼」

八つ当たりもいいところ。明渓と白蓮は顔を見合わせ目尻を引き攣《つ》らせながら、お互いの感情を瞬時に読み取った。

「…………では、私達はこれで失礼します。鳥がいなければ呪詛を招くこともありません。もう安心でございますね」

それだけ言って、そそくさと帰ろうする二人を梅露妃が慌てて呼び止める。

「しかし、また戻ってくるかも知れぬだろう？　とりあえず話だけでも聞いていけ」

『皇后の呪詛』を受けたとどうしても証明して欲しい妃は必死だ。そして聞けと言われれば、聞かざるを得ない。

明渓は諦め深いため息をついた。

鳥が騒ぐようになったのは十日程前からで、普段はピーピーと高く愛らしい声で鳴くのに、日に数度ジャジャジャジャーと細かく何かを擦《こす》り合わせるような声で鳴き始めたと言う。

鳥籠は日中、居間の窓辺に置かれ侍女が交代で世話をしていた。奇妙な声で鳴く時間はまちまちだけれど日に一回から三回ほどで、その際羽をバタつかせ暴れるらしい。以前、イタチが後宮内に紛れ込んだことがあり、その時も鳥が暴れだしたが奇妙な鳴き方をすることは一度もなかった。

「近くで鳥を飼っている宮はありますか？」

「沢山ある。左右隣と道を挟んだ向かいの宮も飼っている。イタチが紛れ込んだ時は他の宮でも鳥が暴れたらしいが、今回はこの宮だけだ」

明渓の質問を待っていたかのように嬉々として梅露妃が答える。周りの宮を帝が訪れたことはなく、寵愛を受けた自分にだけ怪異が起こったと主張したいようだ。

白蓮は、隣の明渓の表情が変わるのを興味深く眺める。

いつもと違う化粧を施された明渓はなにやら色っぽく、思わずその頬に触れたくなるものの、昨晩の失態を思い出し耐えていた。

その明渓の目から、柔らかな色香が消え強い光が宿る。

「やっぱり、こっちの方が良いな」

「医官様？　何か言いましたか？」

「いや、何も……」

明渓は小首を傾げながらも視線を梅露妃に戻す。

「話は分かりました。ところで鳥の品種は何でしょうか」

「知らない」

「……えっ⁉　飼われていたのですよね？」

目を丸くして聞き返す明渓に、少しきまり悪そうに梅露妃は答えた。

「別に品種など知らなくても飼えるだろう。帝が来られた朝、綺麗な声で鳴いていたのを二人で見つけたのだ。帝がやけに聞き入っておられたので、宦官を呼び捕らえた鳥だ」

そっぽを向き口をとがらせる梅露妃を見て、明渓は思った。

（貴女に興味が無くなったから、外を見ていたのではありませんか？）

勿論《もちろん》立場はわきまえているので、余計なことは言わない。

「では、姿絵を誰かに描かせて頂けませんか？」

「姿絵か……。妾も侍女も絵は得意ではないからな。この宮に招いたことがある妃嬪で鳥を見たことがある者に聞いてみよう」

時間が少しかかると言うことなので、とりあえず庭を見せて貰い、その後は医局で待つことにする。

庭に出て、反時計回りに歩いていると、くすくすと笑う声が聞こえてきた。勝手口の扉が開いていたのでこっそり覗くと、若い侍女二人が木箱に座り話をしている。

「これで仕事が減るわね」

「ええ、ここ最近鳥の世話に時間を割いていたからねぇ。どこに行ったか知らないけれど、もう戻って来なくていいわ」

「帝もこの一年来られていないでしょう。鳥のことなんて覚えていらっしゃらないわよ」

「覚えていないのは鳥だけじゃないかも知れないけれど」

そう言って侍女は声を抑えつつもケラケラと笑った。

どうやら、梅露妃は侍女の評判もあまりよくないようだ。

(それにしても、鳥の世話ってそんなに大変なのかしら?)

散歩に行ったり、風呂に入れる必要もない、毛繕いもしなくていいし、一日に数回餌と水をやり糞の始末をするぐらいなのに、何が大変なのだろう。

そっとその場を離れ再び壁に沿って進むと、先程までいた居間の窓が見えてきた。

窓は植え込みと植え込みの間にあり、その下に拳大の石が二十個ぐらい雑然と積み重ねられていた。

(何に使うのかしら?)

先程の侍女達に聞こうかと勝手口まで戻るも、そこにはもう誰も居ない。必要なら後で聞けば良いかと思い、明渓は一度宮を離れることにした。

中級妃の宮は後宮の中央よりやや西寄りで、もっと西に行けば洗濯場があり、南に行けば宦官達の詰所と寝屋が、北に行けば上級妃達の宮がある。そこから東に進むと蔵書宮や皇居に通じる門に辿り着く。

医局は宦官達の詰所の横にある南門を出てすぐの場所にあり、医官に用がある侍女は門番、もしくは宦官に要件を伝えその門を潜る。

ちなみに、医局の向こう側には市井に通じ門があるが、後宮の人間がその門を通ることはない。

明渓は、本来なら南にある医局に向かうところを迷うことなく北の蔵書宮へと進む。後宮の侍女の衣と皇居の侍女とでは色が違うので、すれ違う者達が不思議そうに振り返るも、明渓の足取りは軽やかだった。

そして……

夕闇が迫る今、明渓は慌てて南門に向かって走っている。

蔵書宮を管理する高齢の宦官に肩を叩かれ、閉めるから出て行くように言われるまで、かつての指定席でずっと書物を読んでいたのだ。手に持った風呂敷の中には読み切れなかった書物が包まれている。

医局の扉の前で息を整え開けると白蓮が出てきた。遅かったな、と言ったあと明渓の持つ風呂敷に目をやりその理由を察する。

明渓は初めて来た医局を物珍しそうにぐるりと見渡す。好奇心を刺激する物ばかりで、目がキラキラと輝き始めた。

「白蓮様お一人ですか？　他の医官様はどちらに？」

貴人に話しかけながら、棚の箱を手に取る。

「隣の建物で夕食を食べている。医具や薬がある部屋で食するのは衛生的に良くないからな。で、今日は俺が留守番だ」

箱の蓋を開けて中を覗く。

「ずっとここに居たが、梅露妃の侍女はまだ来ていないぞ」

箱の中身を卓に並べていく。切れ味の良さそうな小さな刃物が、灯りに反射して冷たく光った。今までに見たことがないぐらい薄く鋭い刃だ。

「だいたい、今回の件は明らかに言いがかりだ。とりあえず話を聞けば多少は落ち着くだろう」

刃物をじっと見つめ、

「……まさか、切れ味を試そうなんて思ってないよな」

刃先に指を当てようとしている明渓の手首を、いつの間にか来た白蓮が背後から掴む。

「……少しぐらい平気です」

「血が出るぞ」

「舐めます」

「それは衛生的に良くない」

「…………」

「…………」

「この前、私の指を舐めようとしませんでしたか？」

白蓮は、うっ、と小さく呟き視線をあらぬ方にやった。

ドンドン、ドンドン

気まずい空気を破るかのように医局の扉が叩かれ、白蓮がこれ幸いと駆け寄り開ける。すると、宦官二人と彼らに左右から支えられかろうじて立っている男がいた。

「助けてくれ‼」

男もまた宦官の服を着ているが、目線が定まらず手足に力が入らないのかだらんと垂れたまま。顔色もどす黒くかなり悪い。

「どうしたんだ？」

「道で倒れていた！」

白蓮はとりあえず二人の宦官と一緒に、ぐったりとした男を寝台に寝かせると、担いできた男に隣の建物から医官数人を呼んでくるよう頼んだ。

朦朧《もうろう》とした男の帯を緩め脈をとっていると、突然嘔吐《おうと》した。

異臭と汚物が室内に広まり白蓮の衣にも吐瀉物《としゃぶつ》がかかるも、気に留めることなく冷静に男の顔を横向きにする。嘔吐物で喉を詰まらせないためだ。次いで、寝台近くにあった桶を顔の傍《そば》に置くと、明渓を振り返った。

「悪いが、棚にある手拭いをそこから投げてくれ。近づかなくていい、投げたら伝染病の可能性もあるから直《す》ぐ外に出ろ」

あまりの手際の良さに、唖然《あぜん》としていた明渓は声をかけられはっとする。慌てて言われたように棚に置かれていた手拭いを数枚放り投げると、少し躊躇《ためら》いながら扉に向かう。

すると、数人の医官がなだれ込むよう入って来たので、明渓は壁際に避《よ》け彼らが中に入るのを待って外へ出た。

（どうしよう……）

できることは何もない。かといってこの場所を離れることもできない。

困り果て立ち尽くしていると、背後から名前を呼ばれた。

「明渓さんですか？　梅露妃様から、こちらに持ってくるように言われたのですが……」

梅露妃の愚痴を言っていた侍女が、二つ折りにされた紙を差し出してくる。「ありがとうございます」と受け取り医局の窓から漏れる灯りの下で紙を広げた明渓は、さっと顔色を変えた。

「この鳥は……」

慌てて医局の扉に手をかけ中に飛び込むと、二十も数えぬうちに今度は飛び出してきた。

「今すぐ宮を離れてください」

何事かと呆気《あっけ》にとられる侍女の肩を掴《つか》み、なんと説明すればよいかと考える。事態は一刻を争うのだ。

（梅露妃様の宮から全員を非難させないと！）

細かい説明は混乱を招くので後にしたい。そうなると手っ取り早い言葉は一つ。

「宮に呪詛がかかっています。今すぐ別の宮に移ってください‼」

日が昇り少し朝の冷気が緩んだ頃、十人程の医官や武官が梅露妃《メイルー》の宮を取り囲んだ。

明渓と白蓮は、宮から少し離れた安全な場所を陣取り、目の前に用意された火鉢で暖を取っている。日が当たるとはいえ、まだ吐く息は白く冷気は足の裏を這《は》い上がり全身を冷やす。

「これで本当に捕まるのか？」

「絶対とは言っていませんよ」

明渓の指摘で男の腕を確認すると、青紫色に腫《は》れ上がった部分に小さな二本の牙のあとがあった。毒はすぐに吸い出したものの意識はまだ戻っていない。

そう、男が倒れた原因は毒蛇だった。

「明渓が言う通りあの宦官は蛇に噛《か》まれていたが、どうして分かったのだ？」

「いろいろなことを総合して、その可能性があると考えました」

「そのいろいろを詳しく説明してくれないか？」

白蓮は、毒蛇に噛まれた男の処置を手伝ったり、宦官長に頼み梅露妃に新しい宮を用意してもらったりと忙しく、詳しい話をまだ聞いていない。

明渓はというと妃に頼まれ、急遽《きゅうきょ》用意した宮に一緒に泊まる羽目になってしまい朱《しゅ》閣宮《かくぐう》には帰れずじまいだ。

「では、まず蛇が何故後宮にいたか、からお話ししますが、これは私の推測なので事実は蛇に噛まれた男が目覚めたら確認してください」

「分かった」

「今、後宮で蛇酒が流行っているのをご存じですよね。蛇は宦官が自分で蛇酒を作ろうと用意したか、もしくは酒瓶の中の蛇が生きていて飛び出した物ではないでしょうか。慌てて探したけれど、見つからなくて焦っていた所に、梅露妃様の鳥騒ぎを聞いてもしかしてと考え、探しに行った所を噛まれた――まぁ、これは推測ですが」

「噛まれた男を連れてきた宦官の話では、見つけた時はまだ話ができる状態だったそうだ。にも関わらず、蛇に噛まれたと言わなかったのは後ろめたい気持ちがあったのかも知れないな。しかし、酒の中で蛇が生きているなんてことがあり得るのか？」

　明渓は火鉢の前で手を擦《こす》り合わせながら頷く。こんな小さな火鉢では、全然暖まらないと抱え込むようにしゃがむもまだ寒い。

「蛇は冬眠をしますから、冷たい酒精《アルコール》に入れられ外気も寒ければあり得ます」

「では、その蛇がこの宮にいるとどうして分かったのだ？　あの宦官はどこで噛まれたか話していないぞ」

「ですから、私は必ずここにいるとは言っていません。あくまで可能性が高いと申しているのです」

　いなかった時に自分のせいにされては堪《たま》らないと、しっかり念押しする。

「では、どうしてこの場所が可能性が高いと思ったのだ？」

「この姿絵です」

明渓は侍女から貰った姿絵を懐から出した。横に箇条書きで頭が黒、羽は灰色、胴は白と書かれ、絵も墨の濃淡で鳥の色を表現している。かなり上手な絵だったので一目見て分かった。

「これはシジュウカラです。この鳥は天敵である蛇を見た時だけジージーと低い声で鳴きます」

だから、イタチが来た時は鳴かずに暴れただけだった。

今、この場所に蛇がいるかは分からないけれど、少なくとも鳥が鳴いた時は近くにいたということだ。

「でもそれなら、他の宮の鳥も蛇が近づけば鳴かずとも暴れるのではないか？　他宮からそのような話は出ていないから蛇はずっとこの宮にいたことになる。それにも理由はあるのか？」

火鉢の上には網が置かれ、その上には石が乗せられている。明渓はそれを火箸《ばし》でつまみひっくり返すと石を指差す。

「おそらく、その原因はこれかと」

「石か」

「はい、侍女の話では梅露妃様は鳥を大事にしており、寒さに弱い鳥を気遣って周りに温石《おんじやく》を置いて暖を取らせていたそうです」

冷えてきた温石は窓から植え込みの間に捨てられていたそうで、それがあの積み重ねられた石だ。ある程度たまると大きな円匙《スコップ》で厨に運び、再び火鉢で温めていたらしい。侍女が鳥の世話が大変と言っていたのは、おそらくこの作業のことだろう。

「冷えたと言ってもまだ多少温もりは残っています。蛇は寒さに弱いので、その辺りを住処《すみか》としてもおかしくはありません」

侍女達が素手で石を運ばなかったのは幸いだった。

しかし、明渓にはもう一つ気になることがある、鳥はいったいどこへ行ったのか。侍女の間で梅露妃の評判は悪く、鳥の世話は面倒がられていた。もし、故意に鳥籠の扉をきちんと閉めなかったら……

（ま、そこまで追求する必要はないでしょう）

鳥は無事空に飛び立った、そう思っていた方が後味がよい。

明渓は温まった石を火箸《ばし》で取ると、手拭いで包み懐に入れた。そこからじわじわと身体が温まってくる。隣を見ると白蓮が手拭いを出して石を置いて欲しそうにしている。

（自分ですればいいのに）

そう思いながら手拭いの上に置いてあげると、頬ずりしながら暖をとり始めた。

その時だ、

「いたぞー」

「気をつけろ‼」

宦官と武官が騒ぎ始めた。

明渓は慌てて立ち上がり走り寄って行く。

「危ないから行くな‼」

しかし、その声は明渓の耳には届かない。白蓮は小さく舌打ちをすると急ぎ追いかけた。

ガツッ
大きく円匙《スコップ》を振り下ろす音に明渓の悲鳴が重なる。

音は続く
ガツ、ガツ。

遠くからでも血飛沫《しぶき》がはっきりと見てとれ、明渓は立っていられず、力なくその場に座り込んだ。

「大丈夫か？」

白蓮が明渓の肩を抱きよせながら見たのは、四つ切れになった細長い物体。

明渓が顔をあげようとする。

「見るな」

思わず明渓の目を覆うも、その手は振り払われ……

「わ、私の蛇酒がぁ……」

「……へっ？」

「あんなぶつ切りになったらもう作れない……私の……私の蛇……」

明渓は、イヤイヤをするように頭を振る。目には薄っすら涙がたまっていた。

白蓮は振り返って火鉢の近くに置かれた風呂敷を見る。

朝から蔵書宮に行っていた明渓の持つ風呂敷は、昨晩より明らかに分厚さが増していた。

しゃがみ込む明渓をその場に残して火鉢に向かうと、風呂敷の結び目を解く。

一番上に置かれていた本は、

『美味しい蛇酒の作……』

白蓮は題名を最後まで読む事なく、風呂敷をきつく結び直した。

3　占い師

「占いって信じる？」

公主達を寝かしつけ居間に戻ると、長椅子に座る香麗妃《シャンリー》が問いかけてきた。妃の隣で酒を飲む東宮も明渓を見てくる。

「興味ありません」

「そう言うと思ったわ」

さらりと答える明渓を見ながら、香麗妃はふふふと笑う。

「実は市井《しせい》で今話題になっている占い師を後宮に呼ぶ話があるのよ」

「後宮にですか？」

後宮は衣食住に事欠かないけれど、娯楽が少なく買い物すら自由にできない。そのため、時折商隊《キャラバン》や大道芸を呼んで気晴らしの機会を作っており、今回は流行りの占い師を呼ぶことになったらしい。

「よく当たるそうよ」

「そうですか」

そっけなく答えながら、卓《つくえ》の上の空の杯を片付ける。ついでに持論も披露する。

「そもそも占いに行く人は何かしらの不安や悩みを持っています。そこに聞き上手で自分にしがらみのない人間が現れれば、予想以上にいろいろ話をしてしまうものです。それに対し世間一般的な助言《アドバイス》を、さも占ったかのように伝えればそれっぽく聞こえるのではないでしょうか」

口から出まかせとは言わないけれど、眉唾《まゆつば》ものだとは思っている。

「なるほど、それは面白いというかお前らしい考え方だな」

「ところで、この宮にも占い師は来るのでしょうか？」

「いいえ、皇族が市井の占い師を頼ったとなればどんな噂が広まるか分かりませんからね。興味があるなら後宮に行く許可を出そうかと思っていたけれど、その必要はなさそうね」

東宮がごろりと横になり香麗妃の膝に頭を乗せ腹の赤子に何やら話しかけると、香麗妃は東宮の頭をぽんぽんとあやすように叩く。この二人は誰がいようとこんな感じだ。

「それに、占ってもらうより明渓に聞いた方がよい助言がもらえそうだわ」

皇族が侍女を頼る方がよっぽど問題だと明渓は思う。

ここはしっかり否定しておかねば。

「私にも分からないことは沢山ございます」

「例えば？」

「蛇酒の効果についてはこの前借りた本を読んで知ったばかりですし、それをどうして宦官が必要なのか全く分かりません」

意識が戻った男は、自分で飲むために蛇酒を作るつもりだったと証言した。

宦官は男の大事な物を切り落としている。それなのに、どうして蛇酒を必要としたのだろう。白蓮に聞いても言葉を濁されてしまった。

「あーそれは……」

「ご存じなのですか？」

思わず身を乗り出した明渓を香麗妃が遮り、膝の上の東宮に目配せをした。

「あー、うん、その世界はお前にはまだ早い」

東宮の返事も白蓮同様、釈然としない。

世界は広く、未知なことにあふれている。


だから、明渓は自分が件《くだん》の占い師に会うとは思っていなかった。

夕刻近く、少し時間が出来た明渓は皇居と後宮の間にある北門へと続く道を急ぐ。

とっくに顔馴染みになった門番は明渓を見つけると片手を軽く挙げた。

東宮からは蔵書宮への立ち入り許可は得ているけれど、皇居の侍女服でそうそう頻繁に入り浸るわけにもいかない。だから、この門番に欲しい本の題名《タイトル》や種類《ジャンル》を書いた紙を渡し、蔵書宮から借りてきて貰っているのだ。

「今、もう一人の門番が厠《かわや》に行っていてこの場所を動けないいんだ。東宮の許可は出ているんだろう？　悪いが自分で行ってくれないか？」

「そうですか……」

明渓は辺りを見回す。夕闇が迫っていて蔵書宮も閉館が近い。誰かに会うこともなさそうだ。それに、何より今晩読む本がない。

「分かりました。では行ってきます」

明渓は門を潜ると、駆け足で蔵書宮に向かった。

蔵書宮には、いつもの高齢の宦官以外にも若い宦官が一人いて、皇居の侍女服である緑色の衣を着た明渓を物珍しげに見てきた。

何か聞かれる前に借りていた本を返し、ずらりと並ぶ本棚の間を歩いていると、薄暗い部屋の中、その闇に紛れるように黒い外套《がいとう》を着た女がいる。

（誰だろう？）

宦官達がいたから不審な者ではないと思うけれど、侍女でも妃嬪《ひひん》でもない。

明渓がこっそり棚の間から顔を出し様子を窺《うかが》っていると、急に振り返った女と目が合ってしまった。

「あら、こんな所で皇居の侍女に会うなんて珍しいわね」

耳に心地よい声。何と言えば良いか分からず、とりあえず棚の間から出て女に歩み寄る。

「……あの、貴女は？」

「占い師の羅《ラオ》よ。妃嬪《ひひん》様達に呼ばれて来たの。これから暫く後宮に通うことになっているのよ」

艶《つや》のない黒髪を簡単に後頭部で纏《まと》めた女は、目尻の皺《しわ》や肌艶から見て三十代半ばか後半のように見えた。

「占い師の方がどうしてこちらに？」

「私、本が好きでね。ここには珍しい本があると聞いたから、後宮に通う間一冊ずつ借りる許可を宦官長から頂いたのよ」

本好きにとっては蔵書宮は珍しい本が読める至極の場所。明渓は彼女の気持ちがすごく、すごく、よく分かった。

すっと通った鼻筋と柔らかな目元の、上品な女性だ。でも頬のそばかすやシミと、穏やかな笑顔から親しみやすさを感じる。

（この雰囲気に呑《の》まれて、気付かないうちにいろいろ話してしまう人も多いのだろうな）

なるほど、これは流行《はや》るわ、と思った。

「お嬢さんも本が好きなの？　じゃあ、同じ本好きのよしみで占ってあげるわ。あら、大丈夫よ。遠慮しなくてもいいのよ」

占い師は意外と強引で、断る明渓の腕を引っ張ると椅子に座らせる。

（あとでお金を請求されるのかな……）

でも、少し興味が湧いてきた。

占いが当たるかどうかというよりも、流行りの占い師がどんな風に人を占い、信頼させ、何を話すのか。好奇心がくすぐられる。

「では、あなたぐらいの年齢の女性が一番気になる結婚運でも占ってあげようかしら」

占い師は明渓に手を広げさせると、掌《てのひら》の皺を赤い爪でなぞった。

「……あら、あらあら、珍しいわね。その年齢で結婚に興味ないなんて」

「…………」

「でも、周りは放っておいてくれないでしょう？　一人じゃないわね、二人ぐらいかしら……いいえ、まだ増えるわ。でもその男はやめた方がいいわね、少し女性関係に難があるから」

「…………」

「それから、……あなたとしても、嫌ってはいないようね。でも二人の気持ちを、ただの気まぐれ程度にしか受けとめていないでしょう」

女が明渓の方を見て微笑んだ。当たっているだろうとその目が言っている。

「………ひよこが初めて見た人物を親と思うようなものかと。たまたま初めて親しくなったのが私なだけで、今は懐いていますが、そのうち飽きて羽ばたいて行きます」

誰にも言ったことがない本音が零《こぼ》れた。あれは気まぐれで懐いているだけ、そう思っている。

「……もう一人の方は、たまたま条件に適った人間が手近にいただけです。そのうちもっと相応《ふさわ》しい人間が現れれば、私への興味も失せるでしょう」

いずれその身分に合った人と縁を結ぶ方々だし、そこに自分の居場所はない。だから、あまり構わないで欲しい。明渓は意外と情に流されやすいのだ。

煌《きら》びやかで閉ざされた世界は息が詰まる。田舎の日向で本を読むくらいが分相応というもの。

「そう、でも誰を選ぶか、誰も選ばないかはまだ決める時ではないわ。いずれ決め手になる物が分かる時がくるから」

「決め手……ですか」

首を傾げながらボソリと呟く明渓を、占い師は静かに微笑みながら見ていた。

４　割れた白水晶

朝起きたら雪が積もっていた。

昨日の夕方から急に冷えてきたので、もしかしてと思っていたけれど予想以上に積もっている。四尺《十二センチ》はあるだろうか。公主達は大喜びで、朝食を急いで口に詰め込むと、昨晩寝る前に用意した長靴を履いて庭に飛び出して行った。

「明渓、氷ができているよ！」

陽紗《ヨウシャー》が昨日のうちに水を張っておいた二つの桶を指差す。ドングリや山茶花《さざんか》の花びらを入れた水が完全に凍っていた。明渓は桶をひっくり返し底にぬるま湯を少しずつかけていく。次いで桶をゆっくり持ち上げれば、

「わぁ、氷の焼き菓子《ケーキ》だ！」

「けーきだぁ」

二人は赤いほっぺをくっつけながら楕円形の氷の塊を覗き込む。

「綺麗だね」

「なめてもいい？」

「雨林《ウーリン》様、舐《な》めてはだめです」

明渓はもう一つの桶にお湯をかけながらも公主達から目が離せない。

「さて、では問題です。雪の中に埋めた氷と外に出した氷、先に溶けるのはどちらでしょう？」

「え～、分からないよ」

「わからないよ～」

「それなら実験しましょう」

明渓はそのうちの一つを雪の下に埋め、陽紗が持ってきた木の枝を目印として上に立てた。

「では身体も冷えてきましたし、一度お部屋に戻りましょうか。あったかいお茶をご用意致します。午後になってから、どうなっているかもう一度見に来ましょう」

冷たい風が吹いているので鼻先が痛い。温石《おんじゃく》はもう冷めている。

端的に言えば、いい加減宮に戻りたい！　だ。

「次は雪だるま作ろう！」

「おおきいの」

「…………」

明渓は息を両手に吹きかけ擦《こす》り合わせる。つま先の感覚はもうない。

「……お風邪を召されてはいけませんし、中に……」

「大きいの作ろう」

「おとうさまより」

「…………」

早く早くと手を引かれ、それから半刻余り、明渓は寒風に晒《さら》され続けた。


（……やっと部屋に入れた）

安堵《あんど》し冷えた身体で火鉢に手をかざそうとすると、一人の従者と目が合った。朱閣宮では見かけたことがない顔だ。

「帝と東宮がお呼びだ。養心殿《ようしんでん》まで一緒に来てくれ」

「……分かりました」

養心殿とは帝が政務を行う建物で、そこに侍女が呼ばれることは通常あり得ない。しかも、東宮まで一緒だという。

いったい何の用だと不安を覚えるも、断れる立場ではないので、身体が温まるまもなく馬車に乗り朱閣宮をあとにした。もちろん侍女を迎えにきた馬車に火鉢などなく、尻からじわじわと冷やされ、着く頃には身体の芯まで冷え切っていた。

養心殿の一番奥の部屋へと従者は進み、大きな扉の前で立ち止まるとその扉を叩く。

扉が開けられると、暖かい空気がふわりと流れ冷え切った明渓の身体を包んだ。

（あったかい）

久しぶりの温もりに頬が緩む。

部屋の奥には紙や木簡が置かれた大きな卓があり、豪奢《ごうしゃ》な椅子に帝が腰掛けていた。東宮は卓の前に置かれた来客用の長椅子に座したまま入り口を振り返る。

明渓は頭を下げたまま、おずおずと部屋に入り跪礼《きれい》した。

「顔を上げろ」

帝のその言葉を待って顔を上げると、髭《ひげ》をたくわえた男と目が合う。穏やかな目、口元も弧を描き柔和な表情をしているのに、底知れぬ威圧感があった。一度後宮の宴で謁見《えっけん》してはいるが、間近に見たのは初めて。濃い眉とややエラの張った輪郭が東宮とよく似ていた。

「貴妃の病の原因を見つけたこと、礼を言う」

「畏《おそ》れ多いお言葉、恐縮でございます」

明渓は再び頭を下げる。物怖じしない性格でも、この場に平常心でいられるほど鉄の心臓を持っている訳ではない。先程から鼓動が早鐘のようでうるさいぐらいだ。

「それで今回お前を呼び出したのは、何か褒美をと思ったからだ。欲しい物はあるか？」

国の頂《いただき》に立つ方に突然聞かれても言葉が出るはずもなく。それに、もともと物欲はないし、年相応に着飾ることすらしない。助けを求めるように東宮を見ると、明渓の考えが伝わったのか大きく頷《うなず》いた。

「明渓は貴妃の部屋にあった羽毛布団に大変感激しておりました。褒美にそれはいかがでしょう」

「うむ、羽毛か。あれは暖かいからな。だが、明渓を羨《うらや》む侍女は出てこないか？　簪《かんざし》や装飾品よりも日常的に使う物ほど妬《ねた》みを買うことがあるぞ」

（さすが、後宮の主人）

明渓は声に出さず呟《つぶや》いた。

確かに、一人だけ他の侍女と違う暖かい布団で毎日寝るというのは、立派な簪より鼻につくかもしれない。特にこんな寒い日には。

「お前もいずれ後宮を継ぐのだから、その辺りのことも理解せねば、諍《いさか》いを招くぞ」

半ば呆《あき》れつつ帝がぼやくも、東宮は苦笑いでその言葉を聞き流した。今実際に政《まつりごと》を行っているのは東宮。しかし東宮が後宮を継ぎたがらないから、帝は引退することなくまだ国の頂点に座している。息子の我儘《わがまま》に付き合っているのか、馴染《なじ》みの妃が捨て難いのか真意は不明だが。

「では明渓、お前が好きな物は何だ」

「本です‼」

即答する明渓の意外な答えに、帝は瞠目《どうもく》する。

すっと顎髭《あごひげ》を撫《な》でしばし思案した後、妙案が思いついたようで。

「……うむ、分かった。ではのちに品を届けさせよう」

そういうと小さな笑みを浮かべた。次いでふっと目を細めると、少し身体を前のめりにして意味ありげな表情をする。

「皇族に嫁げばいつでも暖かい布団で寝られるぞ」

明渓はビクッと身体を強《こわ》ばらせた。まさか帝にまでその話を振られるとは思っていなかった。手にじっとりと汗が滲《にじ》む。

「今夜は冷えそうだからな。お前が望めば、どちらも喜んで暖かな寝台に連れ込んでくれるぞ」

「あぁ、確かにそれが一番手っ取り早いな」

ははは、と無責任に笑う帝と東宮を前に明渓はブンブンと頭を何度も振る。

「私には分不相応の話でございます」

「そんなことはないだろう、お前は朕《ちん》の妃嬪だったのだからな。気にせず好きな方を選べばよい」

それを言われては言い返す言葉がない。

この場をどう切り抜けようかと思案していると、助け舟のように扉を叩く音がした。

扉の前にいた側近が開けると、六尺《百八十センチ》以上ある立派な体躯の男が息を切らし入ってくる。濃い眉と大きな目、そしてエラの張った輪郭は明渓の目の前にいる二人によく似ていた。違うのは浅黒く日に焼けた肌と、雑に束ねられた艶のない髪だろうか。

「どうした空燕《コンイエン》、久しぶりだな。帰って来たとは聞いていたが」

東宮の言葉に明渓は慌てて頭を下げた。空燕の名は聞いたことがある。異国との外交や貿易の役を担っている第三皇子の名だ。

「東宮、お久しぶりです。昨晩帰って来たのですが遅い時間だったので挨拶は帝だけに留めておりました。今日朱閣宮に伺うつもりでしたが、その前に暁華《シャオカ》皇后の眠る霊宝堂に行って参りました」

「そうか、それでそんなに慌ててどうしたんだ？」

空燕は帝に視線を戻すと息を整え言った。

「霊宝堂に置かれていた白水晶が真っ二つに割れておりました。護衛の話では昨日見た時には割れておらず、今日、私より先に中に入った者はおりません。あっ、勿論《もちろん》私は割っていませんよ！　霊宝堂に入った時にはもう割れていたのです。本当ですよ‼」

帝と東宮からの訝《いぶか》しむ視線に気付き、後半は早口で捲《まく》し立てた。

「……空燕、今本当のことを言えば帝もきっと許してくれ……」

「本当だから！　いや、信じてくれよ‼」

空燕は必死だ。しかし、東宮は疑惑と憐《あわ》れみが混じったなんとも微妙な視線を弟に送り続ける。

それを見て帝が深いため息をつき、片手を上げて息子達を宥《なだ》めた。

「峰風《ファンフォン》、空燕も馬鹿ではない。自分が割ったならわざわざ養心殿まで言いに来ないだろう。今流行りの皇后の呪詛のせいにして、さっさと船に乗って異国に旅立つさ」

帝の評価も大概だが、納得したようにポンと手を叩く東宮もひどい。二人の態度からは空燕への信頼は感じられないが、言葉尻に親愛の情は滲《にじ》んでいるので仲はよさそうだ。

「いや、帝。それは余りにも、いくら私でも……」

「法仏殿の皿を割ってすぐに姿を晦《くら》ましたのはどこの誰だ？」

「…………」

（前科持ちね……）

明渓は三人の様子を眺めながら、空気のように自分の存在を消すことに集中する。

空燕はまだ小さな声でぶつぶつ言い訳をするも、すでに二人共耳を貸すつもりはないようだ。帝は思案気に暫く顎髭を触ったあと、ピタリと手を止める。

帝は明渓を見つめた。

明渓は目を逸《そ》らした。

「丁度良い。今ここに居る明渓は、後宮で起きた『暁華皇后の呪詛』を既に二つも解いている。朕と峰風はこれから軍の会議に行かねばならぬゆえ、明渓を連れ霊宝堂に行き割れた白水晶の謎を解いてこい」

空燕は明渓を見た。

明渓は首を振った。

「そうですか、いや、もしかしてと思っていたんですよ。彼女が昨日話していた件《くだん》の侍女ですか。いやぁ、こんなに早く会えるなんてついているなぁ。分かりました！　任せてください‼　霊宝堂の謎、解いて参りましょう」

明渓は東宮に助けを求めた。

東宮は笑顔で大きく頷いた。

「では、頼むぞ明渓。お前が行ってくれるならもう解決したも同然。それから、もしこいつがお前の気に障ることをしたら遠慮はいらない。殴るなり、蹴るなり好きにして良い、俺が許す」

貴人達はよく似た顔を見合わせて豪快に笑い合った。

明渓はふつふつと湧いてくる殺意をどうにか抑えた。

明渓は空燕の後をついて火鉢が置かれた馬車に乗る。暖かさにほっとするも、霊宝堂は存外近くにあったようですぐに着いてしまった。

黒を幾重にも塗り重ねた壁に横幅のある扉は明らかに他の建物と異なる。霊宝堂の前には大きな広場があり、崩御の際には扉が開かれ、広場からでもその一番奥にある位牌《いはい》が並ぶ祭壇が見えるようになっている。その為、柱は少なく建物の中はガランとして、とても寒い。

明渓は数歩入った所で立ち止まった。中綿の入った上着を一枚羽織っているも霊宝堂の空気は刺すように冷たく、吐く息も白い。

奥の祭壇に並ぶのが歴代の帝の位牌で、右手側の壁には皇后の位牌が並ぶ。堂内に流れる厳かな空気に珍しく気圧《けお》され佇《たたず》む明渓の肩に、ふわりと柔らかなものが掛けられた。

見れば、先程まで空燕が着ていた外套《がいとう》だ。

「ここは冷える。それを着ていろ」

「それでは空燕様が風邪を召されてしまいます」

慌てて脱ごうとするも空燕が手で制する。

「俺は暑い国にも行くが、寒い国にも行く。これぐらい大したことない」

そう言ってニカッと人懐っこい笑顔で笑った。

(意外にいい人じゃない)

会ったばかりの侍女を気遣う態度に明渓が感心していると、

「ほら、こんなに手が冷たくなっているじゃないか」

いきなり手を取り、さらに撫《な》でてきた。

「俺、異国暮らしが長くてさ、あっちではお互い親しみを込めて仇名《あだな》で呼ぶんだ。メイちゃんとメイ、どっちがいい？」

「……他宮の侍女と親しくなる必要はないと思います」

腕をサッと振り払い、こめかみを引き攣《つ》らせながら空燕を見上げる。本当は睨みつけたいところをぐっと我慢しているのだ。

(東宮が仰っていたのはこのことか。……早く調べて帰ろう)

今日は厄日だと思った。

「では、空燕様」

「コウでいいぞ」

ニカッ
「……空燕様、割れた白水晶はどこでございますか？」

「……あぁ、こっちだ」

西洋式のエスコートだろうか。片手を明渓の前に差し出してくる。

「あの、空燕様。侍女にそのようなお気遣いは不要です」

「遠慮しなくていいのに」

空燕は仕方ないと手を引っ込めると、ゆっくりと皇后達の位牌が並ぶ右側の祭壇へと近づいていった。

祭壇の前の床には高さ一尺ほどの小さな台が三角形を作るように配され、その上に白水晶が置かれていた。そのうちの祭壇正面にある白水晶が真っ二つに割れている。

「透明な水晶だと思っていました」

「白濁した白水晶は魔を取り込み封じ込める意味があるらしい。この正三角形の中は神聖な空間とされており、入れるのは司祭と皇族だけだ」

明渓は割れていた白水晶と残りの二つをまじまじと見比べる。これだけ大きく、かつ同じ大きさの物をよく揃《そろ》えられたなと思う。

「空燕様、この三つの白水晶に触れても宜しいでしょうか?」

「うーん、……いいんじゃない？　いいよ、いいよ、何かあれば俺が責任取るから」

実にいい加減な返事がかえってきた。

軽い言い方にため息を吐《つ》き、懐から手拭いを取り出すと、素手で触らないよう気を付けながら割れた二つの塊を慎重に合わせせる。断面が綺麗に重なり、再び一つとなった白水晶にさらに顔を近づけ、上下左右と満遍なく見ていく。

「綺麗に割れているだろう。砕けたと言うより内から二つに分かれたように見える」

まるで他人事《ひとごと》の様な口調で、後ろから空燕が覗き込んできた。

「ここ、気になりませんか？」

明渓は重ねた白水晶のその場所を目で指し示す。

他の場所はぴったりと割れ目が合うのに、白水晶の祭壇側——正面からは見えにくい場所——が一分《三ミリ》ほど小さく欠けていた。

「ちなみに、丸い白水晶が何かの拍子に勝手に転がって落ちた、なんてことはございませんよね」

「台座は真ん中に向け窪んでいるのでそれはない。底には小さな穴があいていて、清めの水がそこから落ちるようになっている」

「清めの水、とは何ですか？」

「月に二回、経をあげる時に盃に入れた水で白水晶を清めるんだ。盃と言ってもお猪《ちょ》口《こ》程の大きさで、白水晶の真上から水を垂らし清める」

そうですか、と呟くと明渓は指で顎をトントンと叩きながら白水晶を眺める。

「…………」

「…………」

「あの……少し離れて頂けませんか」

「考え込む姿も可愛いな」

明渓は無言で三歩下がる。

「とりあえず割れた欠らを探しませんか？　私は三角形の外側を探しますから空燕様は内側を探してください」

「分かった」

明渓は三角形の内側には入れない。そのため空燕に頼んだのだが、

（あっさり手伝ってくれるのね）

言っておいてなんだが、高貴な身分の方が侍女に頼まれ四つん這いで破片を探してくれるとは思っていなかった。

明渓は目を床から離さず、霊宝堂について詳しく聞くことに。

「空燕様、普段霊宝堂に出入りするのはどのような方ですか？」

「月二回の経の時は、皇族と神官が一名、盃を持った者が一名、あとは手伝いの侍女や側近がいるが彼らが白水晶に近づくことはない。霊宝堂の外には常に護衛が二人いるが、堂内には入らない」

「直近で経をあげられたのはいつですか？」

「昨日だと聞いている。東宮が立ち会ったはずだ。詳しく聞きに行くか？」

明渓はそこまで必要ないと首を振る。次いで割れていない白水晶の周りも調べていく。

「普段、この堂の扉は開けられているのですか？」

「いや、閉まっている。皇族ならいつでも入れるが……俺は割っていないぞ」

はいはい、と聞き流す。皇族を除けば、経をあげる時のみ堂内に入れるが、その時に白水晶を割れば即捕まる。隠し通すなど不可能。となると、水晶はいったい何時《いつ》割れたのか。

「扉を通らずにこの中に入ることはできませんよね？」

（もしできたら、警備体制に問題ありだけれど）

一応、念のためにと聞いてみた。当然のことながら「ない」という返事が返ってくると思っていたのだが。

「まぁ、普通はないな」

「普通、とは？」

何とも意味深な言い方に、まさかと顔を上げれば、空燕がニカッと笑いにじり寄ってくる。

「内緒だぞ」

鼻先三寸の場所で言うと、立ち上がり霊宝堂の左奥へと向かう。その後ろを付いて行けば、小さな換気窓が床すれすれの場所にあった。縦に一尺《三十センチ》、横に一尺半《四十五センチ》程だろうか。当然ながら小さな閂《かんぬき》がかかっている。

「換気用ですか。小さいですね」

大人が通れる大きさではないが、イタチ等の小動物なら入ることはできそうだ。

「経をあげるときは香も焚《た》くので換気窓を開ける。もちろんその後はしっかり閉めるのだが……」

空燕は含みを持たせると、屈《かが》んで小窓をガタガタと揺らし始める。

古いのだろうか、窓はかなり大きく揺れその振動で徐々に閂が動き、終《しまい》には横に通していた棒がカラリと小さな音を立て床に転がった。

「ほらな、外れた」

得意そうに鼻の下を擦りながら、子供のような顔で言う。ほらな、ではない。

「……ここから入ったのですか？」

「いや、だから俺は割ってないから！　こんな小さな隙間を通れるはずがないだろう？」

半目で見上げる明渓に、空燕は大きく首を振る。

「……あの、幾つか質問しても宜しいですか？」

「おっ、やっと俺に興味を持ってくれたか」

「はい、空燕様についてです」

しゃがみこんだままの空燕の隣に、明渓も腰を下ろす。

「好きな食べ物か？　好きな酒か？　好きな女の趣向《タイプ》か？」

（……この男、すでに白水晶が割れた原因を探す気が失せている）

にこにこと聞いてくる空燕に、明渓は軽い頭痛を感じこめかみを押さえた。

「この辺りに後宮の人間が来ることはありますか？」

「ああ、この霊宝堂の裏には桃園があり、花の時期には園遊会が開かれる。もっとも、参加するのは上位の妃とその子供ぐらいだが」

そこには第三皇子である空燕も当然ながら参加していた。

「空燕様は元服するまで後宮で過ごされたのですよね」

「そうだ。一つ違いの青周兄とよく一緒に遊んだものだ」

「それは意外です」

皇族の跡継ぎ争いはいつの時代も熾烈《しれつ》なもの。生き残った者が国の頂に立つとあらばどんな思惑が絡んでくるか計り知れない。まして青周の母は……

「まあな、暁華《シャオカ》皇后は野心家だから、俺が青周兄と親しくするのは嫌だっただろうな」

そう言って、皇后の位牌がある祭壇に目をやった。

「俺の母はおおらかで、歳の近い遊び相手がいるのは良いことだと、しょっちゅう俺達を一緒に遊ばせていた。二人で鬼ごっこをしたり、かくれんぼをしたり……あっ、春先には蛇を捕まえて振り回したりもしたな。知っているか？　蛇って回すとびっくりして棒みたいに真っ直ぐに固まるんだ。それをどっちが遠くまで飛ばせるか競争して侍女を泣かせたり……ってどうした」

明渓の瞳がキラキラしている。今の話のどこにそんな要素があったのかと、空燕は首を捻《ひね》った。

「そうですか、そうでしたか。では毒蛇にこだわらなければ手に入るのですね」

「うん？　何のことだ？」

怪訝《けげん》な表情の空燕を横目に、明渓は何やらぶつぶつ呟くとニヤリと笑った。白蓮がいたら嫌な予感に青ざめていただろう。

「そちらの件は解決策が見つかりました。では、次はこちらといきましょう」

「そちらとは何だ？　……って急にどうした⁉」

明渓は借りていた外套を脱ぐと、腹這いになり匍匐《ほふく》前進で窓に近づき頭を外に出した。

「⁉　待て、何をしているんだ？」

「女性が通れるか試してみたのですが、これは少々苦しいですね。横幅はぎりぎり大丈夫ですが縦幅が……胸がつかえてしまいます」

「おぉ、それは見た目によらずなかなか」

空燕はニヤニヤとするも、次第に傾げる首の角度が深くなる。

明渓が足をバタつかせたまま戻ってこないのだ。

空燕《コンイエン》は明渓の細い腰を、その大きな手で掴んだ。

「お願いです。優しく、ゆっくりしてください」

か細い声が、がらんとした堂に頼りなげに響く。

「分かっている。何も心配ない」

空燕は手に力を入れる。

「痛い！　痛いです。もっとゆっくりでお願いします」

「いや、これ以上ゆっくりは……」

「分かりました。それならばいっそ、ひと思いにお願いします」

「いいのか？　よし、それならまかせっ……」

空燕が両手に力を入れた瞬間、後ろから襟をぐっと掴まれた。

ガシッ、ドンッ

そのまま巨体が数メートル後ろに吹き飛び壁に打ち付けられる。

「お前、何やってんだぁ‼」

響き渡る大声。声の主は空燕に馬乗りになり拳を振りかざそうとする。

「ま、待ってくれ。誤解だ、誤解だって‼」

やっとのことで挟まった窓から引っ張り出して貰った明渓が見たのは、青筋を立て今にも空燕に殴りかかろうとしている青周だった。

「うるさい、黙れ。お前よくも」

「いやいや、だから説明を……」

聞かれたから答えようとしているのに、黙れと言われる。理不尽なことこの上ない。空燕は襟を掴まれた状態で、首だけ動かし明渓に助けを求めた。

それにつられ青周も明渓を見る。さっと全身に視線を這《は》わせると、安心したように、ふう、と小さく息を吐く。

「あ、あの……青周様」

「大丈夫か？　こいつに何もされていないか？」

「はい、大丈夫です。……あの、ちょ、ちょっと窓に挟まって……その抜けられなくなりまして……空燕様に助けて頂きました」

「………はぁ？」

青周の間抜けな声が霊宝堂の中に虚しく響いた。

正座をしてことの成り行きを全て話し終えた明渓は、珍しく真っ赤な顔をしていた。

「……なるほど、お前が窓に挟まった理由は分かった」

「だから、俺は悪くないだろう！　それをいきなり。……背中痛いし」

「日頃の行いのせいだ。諦めろ」

「いや、謝れ！」

再び言い争いを始めた二人を止めようとした時だった。

コホン

咳払いが三人の頭上から響く。

言い争っていた二人が急に黙り顔を見合わせた。ただの咳払い、それなのに例えようのない威圧感が伸《の》し掛かってくる。

「お前達、いい加減にしろ‼」

再び堂内に響き渡る大音声。

ビクリと首をすくめ見上げた先には、仁王立ちの帝が眉を吊り上げ息子達を見下ろしていた。

気まずそうに目線を交わす六尺を超える男達、まるで幼な子のような表情に明渓は緩む口元を袖で隠す。

帝は暫く二人を見据えると肩を竦《すく》め、次いで明渓に視線を移した。その瞳には僅《わず》かな好奇心と期待が浮かんでいる。

「それで『皇后の呪詛』は解けそうか？」

「はい、おそらく犯人が分かると思います」

「ほぉ、これは噂以上の侍女だな。で、それは誰だ？」

「それにつきましてはまだ推測の域を出ませんので、引き続き空燕様にお伺いしても宜しいでしょうか？」

帝と青周は二人で顔を見合わせる。

空燕は再度俺ではないと主張した。

明渓はそれを無視して問いかける。

「では、空燕様。園遊会についてでございますが、幼な子にとっては案外つまらないものではなかったでしょうか？」

空燕は、帝と青周から向けられる疑いの眼差しに口を尖《とが》らせつつ、当時のことを思い出す。冤罪《えんざい》だけは絶対に避けたいところだ。

「そうだな、確かに退屈していた。なにせ花なぞ見ても腹は膨れん」

「それで園遊会に飽きた空燕様は桃園を抜け出し、この小窓から霊宝堂に忍び込んだ。

違いますか？」

窓を揺らすと閂が落ちることを知っていたのが何よりの証拠。明渓でも通れない小窓だが、幼な子であれば可能だ。

「そういえば、昔そんなことがあったような……」

気まずそうに視線を泳がせるところを見ると、しっかり当時のことを覚えているようだ。

「その時、白水晶が床に落ちる瞬間を見ませんでしたか？」

「うん？」

今度は男三人が揃って首を捻る。

「いやいや、明渓。白水晶が割れたのは今日だ。俺がこの窓を通れたのは十五年ぐらい前の話だぞ」

「そのことなのですが……」

明渓は立ち上がると割れた白水晶の元へと向かう。自然、三人も後に続く。

白水晶を手に取ると、先程と同じように割れた二つを合わせ帝に見せた。

「白水晶の祭壇側を見てください、小さく欠けているのが分かります。しかし破片はどこにも落ちていませんでした。つまり白水晶が欠けたのはずっと以前ということになります」

「そうだとして、白水晶が割れたのは今日。欠けたことと、割れたことは関係ないのではないか？」

「いいえ。割れた原因は欠けたことにあります。十数年前、白水晶は床に落ち一部が破損し、その際に小さなひびが入ったのです。月に二回、清めに使われた水がそのひびに浸《し》み込みます。この部屋は寒いので冬場ですと水はひびの中で氷になるでしょう。氷は水より体積が大きいので、時が経つにつれひびは少しずつ大きくなります。そしてとうとう、白水晶を内側から真っ二つにしたのです」

これが透明な水晶であれば、内側にひびが入ったのもすぐに分かっただろう。しかし白く白濁しているがゆえ、気づかれることなく今日限界を迎えたのだ。

帝は、納得したように大きく頷いた。

青周は顎に手を当て考え込んでいる。

空燕は眉を寄せて宙をにらんだまま。

「なるほど、峰風から話は聞いていたがこれほどとは。では、割ったのは幼い空燕ということか」

帝の言葉に明渓は首を振る。

「いえ、それはまだ分かりません。先程、空燕様は幼い頃よく青周様と一緒にかくれんぼや鬼ごっこをしたと話してくださいました。霊宝堂に入ったのは空燕様だけでしょうか？……何か思い出したことはございませんか？　青周様、空燕様？」

明渓は青周と空燕を交互に見上げた。

二人の額には薄っすらと汗が滲《にじ》んでいる。

暫く続いた沈黙を最初に破ったのは空燕だった。

「あれは……そうだ、走っていた青周兄が転んで……」

「いやいや、それは違う。俺を追いかけてきたお前が足を滑らせぶつかってきて……」

「いやいやいやいや、違う。勝手に一人で」

「違う！　お前が押して……」

――ガツン、ガツン
鈍い音が二回霊宝堂に響いた。

青周と空燕が頭を押さえる。

帝は息子達の頭を、その手でガシッと鷲掴みにすると
「次に神官が来るまでに新しい物を用意しとけ！　分かったなお前達！」

今日一番の怒鳴り声が霊宝堂に響いた。

＊

「お前といると碌《ろく》なことにならん」

青周が洋酒を口に運びながら愚痴る。場所は空燕の虎吼宮《ふうほうぐう》。つまみは乾酪《チーズ》だ。

「帝の拳骨《げんこつ》なんて、何年振りだろう」

青周は殴られた箇所を軽く撫でる。膨らんでたんこぶができていた。

「俺は数ヶ月振りだぞ」

自慢にもならないことを口にしながら、空燕は自分の玻璃《ガラス》の洋盃《グラス》にドボドボと洋酒を注いだ。琥珀《こはく》色の液体が灯りを反射し、きらりと輝く。

「お前と一緒にするな」

悪態をつきながらも、空燕が戻ってくると青周は必ず宮を訪れる。青周が一つ年上だが公の場以外で敬語を使うことはない。

「それにしても……」

クックッと空燕が笑う。

「あんなに息を切らし動転する青周兄を見るのはいつ以来だろう」

洋盃を持つ手の人差し指で、宮廷内屈指の美丈夫を指差す。

「珍しく、随分と入れ込んでいるじゃないか。いつもは女につれないくせに。女絡みで血相を変える姿を見る日が来るとは思ってもいなかった」

「ふん、お前はいつも血相変えて女を追いかけ過ぎだ」

言い返すものの頬が微《かす》かに赤い。これほどの酒で酔うはずがないのに。

空燕は洋盃の液体を半分ほど喉に流し込むと、笑顔を消して真面目な顔をした。

「……悪かったな、暁華《シャオカ》皇后の葬式に出られなくて」

「気にするな。海の向こうにいたのだから仕方ない。霊宝堂に参ってくれたこと礼を言う」

「白蓮の元服にも立ち会えなかったしな。あいつとも酒を飲みたいんだけれど、大人になってから仲良くなるのは案外難しいな」

「餓鬼の頃はお互い会うのを止められていたしな」

昔、一度だけ二人で幼い弟の見舞いに行ったことがあった。その次の日、治りかけていた体調が急変して白蓮は三日間生死を彷徨《さまよ》った。それはただの偶然だったのだけれど、幾人かの大人は兄二人が毒を盛ったのではないかと疑った。もちろん十歳にも満たない子供がそんなことをしないだろうとの考えが大半だったが、二人の母親は災いの種を増やさぬよう、それ以降弟に会うのを禁じた。贈り物さえも。

「帝から聞いた。あいつもメイに惚れ込んでいるらしいな」

空燕はニヤニヤと笑いながら、あえてその名を強調する。

「……その呼び方は何だ？」

「メイちゃんって呼んだら心底嫌そうに顔を歪《ゆが》ませるから、メイって呼び直すとぞくりとする目で睨まれたんだ」

だから、メイと呼ぶようにしたらしい。青周はじろっと睨み、少し口を尖らせる。明らかに不服そうだ。

「なんだよ、羨ましいか？　ハハッ、だったら一言娶《めと》ると言えば良いだろう。白蓮に遠慮しているのか」

「別にあいつは関係ない。無理に娶っても明渓が俺の傍に居たいと思わなければ意味がない」

空燕は思わず目を丸くした。そこにはいつもと変わらず、澄ました表情で酒を飲む青周がいる。なんでもそつなくこなし、剣の腕では右に出る者がいないと言われ、おまけにやたら女にモテる。羨ましくも自慢でもある。

（ベタ惚れだな）

そんな兄の不器用な姿を初めて見た弟は、少し頬を緩めながら兄の洋盃に琥珀の液体を注いだ。

5　隠された遺言状

やっと霊宝堂から帰った明渓《メイケイ》に、公主達は走り寄る。「雪に埋めた氷の方が溶けなかったよ」と無邪気に笑う後ろから見慣れない少年が顔を出した。

（…………!!）

明渓は慌て跪礼《きれい》する。

着ている衣は上級品で、東宮達が少年を見る眼差しが優しい。

「そなたが新しい侍女か。顔を上げろ」

声変わり途中の不安定な発声で、東宮の一人息子雲嵐《ウンラン》が明渓に声をかける。

「明渓と申します」

顔を上げれば、人懐っこい笑顔で物珍しそうにこちらを見る雲嵐と目が合った。顔つきは東宮に似ているけれど、柔らかな雰囲気は香麗妃《シャンリー》を思わせる。

「空燕と一緒に異国に渡っていて、昨日帰って来たのだ。昨夜はまだ雑用があるとかで虎吼宮《ふうほうぐう》に泊まったが、今日から暫くこちらに住む」

東宮の息子は十歳になると帝王教育が始まる。その一環として各部署に実務を習いに行くこともあり、明渓が朱閣宮の侍女になる直前に空燕の下で外交を学ぶため、一緒に異国に行っていたらしい。

　東宮は息子の肩に手を置きそれだけ言うと、こちらが本題とばかりに割れた白水晶の謎について聞いてきた。

　雲嵐は異国風の所作で椅子を引き明渓の手を取り座らせると、自分はその隣に座り好奇心いっぱいの顔を向けてくる。

（休憩したい……）

　そんな思いをグッとこらえ、明渓は仕方なく話し始めた。話しながら、あれ程慌てた青周を見るのは初めてだなぁと思う。そして、占い師の言っていた『三番目の男はやめておけ』、あの言葉は当たっていると確信した。あれはない。絶対に。


　それから一週間、寒さはますます厳しくなるも、幸い雪はあれから降らなかった。

　軒下に吊るしたてるてる坊主に毎朝手を合わせていた明渓の元に、帝から褒美の品が届いた。

「ありがとうございます‼」

　預かってきた東宮からそれを受け取った明渓は、毎晩のように取り出しては眺めた。

勿論眺めるだけではないのだが……

ある夜、褒美の品を大事に卓にしまい、読みかけの本を手にしたところで扉を叩く音がした。

湯浴みをした後に呼び出されるのは珍しくない。大抵は東宮と青周の晩酌の場に呼び出され、お酌をしつつ勧められるがままお裾分けを頂く大事な、大事な、仕事だ。でも、今宵は違った。扉の向こうにいたのは侍女で「少し時間を頂けないでしょうか」と言う。手には生姜湯《しょうがゆ》が入った器が二つ。

その侍女、紅花《ホンファ》は明渓と同じ年で二年前から朱閣宮で働いている。いまだにほかの侍女から余所余所《よそよそ》しくされていることを多少なりとも気にしていた明渓は、いそいそと侍女を迎え入れた。

侍女の部屋に家具は少ない。

紅花に椅子を勧め、自分は寝台に腰かけ渡された生姜湯を一口飲む。胃の辺りからポカポカとしてくる。

「ところで、どうされたのですか？」

「すみません、夜遅くに」

「いえ、起きていたので構いません。それから、紅花さんの方が先輩なのですから敬語はやめてください」

明渓は火鉢を紅花に近づけ肩掛けを貸すと、自分は掛け布団を膝に掛けた。

「でも、明渓さんは……その、皇族の方と縁が深そうで」

「いえいえ、全く、まったく、そのようなことはありません」

頭を強く振り全否定する。

縁が深いつもりも、深くなる予定もない。微塵《みじん》もない。

幾度かの応酬の後、お互い敬称なし敬語なしで落ち着くと、紅花はやっと本題に入った。

「私の実家は代々皇族御用達《ごようたし》の染物問屋をしていて、先月父が亡くなった際に『跡取りについて記した物を自分の部屋に残したから探せ』とだけ言い残したの。それで、お葬式を終えた後、皆で部屋を探したのだけれどまだ見つからなくて」

嫌な予感がぞくりと走る。これがただの世間話であって欲しいと願いながら、続きに耳を傾けることに。

「その内だんだん兄弟仲もギスギスしてしまって。ま、もともと長兄とはうまくいってなかったのだけれど。それで、どうしようかと考えていたところに貴方が『暁華皇后の呪詛』を解いたと聞いて」

「あ、あの、それは解いたのではなく、元々呪詛では……」

焦る明渓を見て、紅花がクスッと笑った。

「知っているわ。後宮では相変わらず呪詛の噂が広がっているらしいけれど、朱閣宮の侍女達は呪詛でないことを分かっているから」

（良かった）

身近な人にまで誤解されては堪《たま》らない。

「でもあなたが貴妃様の病の原因を見つけ、梅露《メイルー》妃の鳥騒ぎを解決したのは本当だわ。だから、できれば、できればで良いのだけれど……私の実家に来て遺言状を探すのを手伝って貰《もら》えないかしら」

紅花はそう言って縋《すが》るような目を明渓に向けた。

（そんな風に見られたら……）

これからも同じ宮で仕事をする仲間。群れる性格ではないけれど、他の侍女ともそれなりに親しくなりたいと思っている。それに何より、頼まれたら断れない厄介な性格だ。

「分かった、伺うわ」

明渓は眉を下げ、そう応えた。

後宮の侍女や妃嬪と違い、朱閣宮の侍女は政務を行う外邸の官女と立場は同じ。それゆえ許可さえとれば外出も里帰りも可能。

「では次の休みに外出しても良いか一緒にお願いしてみましょう」

分からなければそれで良いという話だ。これで、仲の良い仕事仲間ができれば安い物だとも思えた。

三日後、予想より早く明渓達は休日を貰った。

紅花の話を聞いた東宮が、皇室御用達の染物問屋の跡取り騒動ならば、早く解決した方がよいと融通を利かせてくれたからだ。

「一日では分からないかも知れぬゆえ、二日休みをやるから必ず遺言状を見つけてこい。お前ならできる！」

とよく分からない気遣いと励ましの言葉を受け、明渓は一年数ヶ月ぶりに市井《しせい》に出た。

今までも外出しようと思えばできたけれど、諸事情によりいつも本を読んで過ごしていたので、少々浮かれた気持ちがあるのは否定できない。

紅花の家は皇居を出て、歩いて四半刻《三十分》程の所にあった。

立派な家が立ち並ぶ中でも、目立つ程大きな屋敷だった。染物問屋と聞いていたけれど、買い付けるのではなく自分たちで染色もしているようで、屋敷の裏には工房と職人達が寝泊まりする家屋がある。さらにその奥には川があり、染色した布はそこで洗うらしい。

大きな門を潜ると、左右に低木が植えられた道が真っ直ぐに屋敷まで続く。道には低木に咲いている赤い花と同じ色の花びらが所々に落ちていた。

そのまま玄関に向かおうとする明渓の袖を、申し訳なさそうに紅花《ホンファ》が引っ張る。

「どうしたの？」

「お客様にこんなことを言うのは心苦しいのだけれど、裏口から入って貰ってもいいかしら？」

はて、と明渓は首を傾げる。別に屋敷内に入れるなら構わないのだけれど、

「理由を聞いてもいい？」

当然の疑問だ。

紅花は困ったように眉を下げ暫く悩んだあと、言いにくそうに話し始めた。

「私には兄弟が三人いるの。一番上が強秀《ジアンシウ》、次兄の洋秀《ヤンシウ》、姉の朱花《シュファ》。強秀兄は四年間父の知人の元へ修行に行っていて、昨年帰ってきたのだけれど、修行先の価値観にすごく影響されたみたいで……」

「価値観？」

「うん、修行先が男尊女卑の強い地域で、女は裏口しか使うな、居間ではなく厨《くりや》で過ごせ、口答えするな、とか。父が生きているときはまだそこまではなかったのだけれど、亡くなってから姉は寒い日も厨でずっと過ごしているわ」

この国は男性優位、しかしそれはあまりにもやり過ぎというもの。

「だから申し訳ないのだけれど、裏口から入って貰えないかな」

「分かったわ。それは良いのだけれど、私が遺言状を探しにきたこと、お兄さんはどう思っているの？」

裏口を使うのは構わない、しかし、女を下に見る男が、妹の知り合いがしゃしゃり出ることを良しとするだろうか。

明渓の問いに、紅花は痛いところを突かれたと言わんばかりに視線を逸らした。

「えーと、もしかして私が来ることを誰にも話していない、とか」

「いいえ、話したわ。ちゃんと、姉と洋《ヤン》兄さんには話したのよ。二人とも協力するって言ってくれて、……だからきっと大丈夫！　……だと思う」

つまりは肝心の長兄には言っていないということ。厄介《トラブル》ごとの匂いがぷんぷんする。

それに。

（こういう場合の大丈夫は、大概、大丈夫ではない）

そう、相場は決まっている。

明渓は諦めの境地で裏口へと向かった。

裏口から入ると、厨の隅に置かれた木箱に腰掛け、足元に置いた火鉢で暖をとる女性が一人。女性は二人に気づくと立ち上がり笑顔で迎えてくれた。

「おかえり、紅花。それから明渓さんわざわざありがとうございます。私は紅花の姉の朱花といいます」

ひょろりとした女性は寒さのせいか顔色が悪い。明渓は頭を下げながら温石を教えてあげようかと思う。

「姉さん、今、強秀兄さんはどこにいるの？」

「洋秀が工房に連れて行ってくれているから屋敷にはいないわ。ただ、どこまで時間稼ぎができるか。とりあえず今のうちにお父様の部屋を見て頂くのが良いと思うわ」

「明渓、来たばかりで申し訳ないけれど、今から父の部屋に案内しても良い？」

できれば長男に出くわしたくない明渓は、迷うことなく頷いた。

通されたのは南に面する日当たりのよい部屋。棚には整然と本が並んでいた。

明渓は二人の許可を貰うと、まずは本を手にとる。もちろん遺産探しのためではなく純粋な興味から。並んでいたのはどれも染色の技法や生地の素材について書かれた専門書だった。

次に卓の引き出しに手をかける。

部屋にある家具は本棚、卓、椅子、寝台、それに屏風《びょうぶ》だけだった。

紅花の母親は十年以上前に亡くなっているらしい。そのせいかは分からないが、絵や壺等の装飾品の類は全くなかった。

引き出しの中はもちろん裏側、棚の後ろや寝台の下を覗き見ても何も見つからないし、隠し棚や二重底になっている様子もない。

(当然このあたりは、探しているわよね)

最後に部屋の隅に閉じて置かれていた屏風を広げる。四面ありそれぞれに四季の花が描かれていた。

「おい!　ここで何しているんだ‼」

野太いがなり声に振り返れば、明渓より頭半分程大きい男がこちらを睨んでいる。細い目に角張った顎、男にしては小柄だが体躯は武人かと思うほど鍛えられていた。その後ろに同じく細い目をした男が部屋を覗き込んでいるが、こっちは華奢《きゃしゃ》でへらへらと頼りない。

「兄さん、工房の方はもういいの?」

「ふん、女は仕事に口出しするな。それより紅花の隣に居るのは誰だ?　俺の留守にこの部屋で何をしているんだ⁉」

横柄な態度と威圧的な物言い。確かに紅花の言う通りだ。

「強秀兄さん、こちらは私の同僚の明渓さん。今までに皇族の頼みを幾つか解決している博識な方で、遺言状探しに協力して貰おうと思ってお呼びしたの」

強秀が胡散《うさん》臭そうに、明渓の足元から頭へと視線を這《は》わす。最後にもう一度、視線を顔に戻すと細い目をさらに細くした。

「どうせ博識と言っても、所詮女の浅知恵だろ。まったくこれだから女のすることは。役に立たない上に役立たずを連れてきて何を考えているんだ。お前たちは俺の言うことを聞いていればいいんだ。そっちの女、もう帰ってくれ」

そう言うと、汚れた作業着を朱花に押しつけた。洗濯しておけということだろう。

「遺言状なんて見つからなくても、長男である俺がこの家を継ぐのが当然。探す必要はない」

「でも兄さん。わざわざ遺言状に書いたってことは、兄さんとは限らないんじゃない？　俺の可能性だってあるわけだしさぁ」

華奢な男――次兄の洋秀が軽い口調で反論する。ヘラヘラと笑っているのは場を和ませるためか、それとも元来の性格か。おそらく後者だろう。

「遊び歩き、なんの技術も持っていないお前が継げる筈《はず》がない。染物ひとつまともにできないだろう」

「まぁ、そう言われたら何も言い返せないんだけど。でも、それなら朱花姉さんの染色の腕は確かだよ。従業員の信頼も厚いし」

「朱花は女だ。継ぐ資格はない」

そして明渓を見て言い捨てた。

「女なんて子供を産む以外役に立たん！　さあ、さっさと帰れ‼」

これには明渓もカチンときた。短気でも喧嘩《けんか》っ早い性格でもないが、会ってすぐの人間に言われる筋合いはない。それに女だからという理由で男より劣っているつもりもない。

「では、私が遺言状を見つけたらどうしますか？」

「はぁ？」

「男のあなたにできないことを、女の私ができたらどうするのかと聞いているのです」

「ちっ、生意気な女だな。そんなことができたらお前の言うことを何だって聞いてやるさ」

明渓は唇の端を上げながら、男に一歩詰め寄った。

「分かりました。それでは明日までに遺言状を見つけましょう」

自分で自分の首をしめている自覚はあるが、このまま引き下がるのは癪《しゃく》というもの。売られた喧嘩、買ってやろうじゃないか。

「では見つからなかったら門前で土下座でもしてもらおうか。お前のような女は立場ってものを知った方が良いからな」

そう捨て台詞《ぜりふ》を残し強秀は部屋を後にした。

「ごめんなさい！　こんなことになるなんて」

強秀が部屋を出て行ってから紅花《ホンファ》と朱花《シュファ》は同じ言葉を繰り返しながら、何度も頭を下げる。

「いいえ、私もつい、売り言葉に買い言葉で言ってしまったから。気にしないで」

「でも。明渓に土下座なんてさせたら、東宮から何と言われるか……。それに青周様や白蓮様も……」

紅花の顔がどんどん青ざめていく。

「これは私が言い出したことがきっかけだから、紅花が気にする必要はないわ。そもそも、青周様と白蓮様は全く関係ないし」

でも、とまだ申し訳なさそうにする紅花に明渓は「お願いがあるの」と切り出した。

「今晩この部屋に泊まらせて貰えないかしら」

「父の部屋に？」

「ええ、明日までに見つけると言ってしまったので、夜通し探そうと思って」

紅花と朱花は顔を見合わせると、大きく頷く。

「分かった。強秀兄《ジアンシウ》さんにはうまく言っておくから、じっくり探して。でも無理しないでね」

そして、まだ部屋に残り明渓に話しかける機会《タイミング》を狙っている洋秀《ヤンシウ》を部屋の隅に引っ張って行った。

「兄さん、絶対に明渓に手を出さないでね」

「可愛い子だな。話しするぐらい良いだろ？」

軽薄そうな笑いを紅花が睨みつける。

「あのね、明渓は………」

紅花の説明を聞いた洋秀は後退《あとじさ》りし、ながら明渓を見る。

明渓は何を言ったかは敢《あ》えて聞かないことにした。

その夜、明渓は行燈《あんどん》の灯りだけを頼りに遺言状探しを始めた。

とはいえ、昼間も探したし、それ以前に兄弟達も血眼になって探している。聞けば、床板を剥《は》がし、天井裏まで探したらしい。

（となると、普通に仕舞っている可能性どころか、通常考えられる隠し方をしているわけではなさそうね）

もう一度本棚に向かうと専門書を手に取る。何度も読んだのだろう、本は手垢《てあか》で汚れ、書き込みも至る所にしてあった。

（勉強家だったのね）

引き出しを開ければ、布に包まれた簪《かんざし》がある。亡くなった妻の形見を大事にしまっていたのかも知れない。

紅花の話では、とても愛妻家の穏やかな人柄で、四人の子供を愛情深く平等に育て

全員に染色の技術を教えたらしい。しかし、無理強いするようなことはなく、興味がない子供には他にしたいことをすれば良いと大らかに構えていたそうだ。

修行から帰ってきた長男とは考え方が合わず、口喧嘩が幾度もあったとか。

「四人の子供、平等、真面目な性格、染色の技術」

気になる言葉を口にしながら、屏風に灯りを翳《かざ》す。

四面に桜、朝顔、彼岸花、椿と季節の花が描かれていた。

指先で顎をトントンと叩きながらじっと屏風を見る。実用的なものしか無いこの部屋にどうして屏風があるのか、昼間から気になっていたのだ。絵柄の雰囲気からして、亡くなった紅花達の母親が好んで使っていたのかも知れない。

指で触れてみるも、特に違和感はない。少し厚みはあるが一般的な紙のように感じる。そのまま、ツツッと左上から右下へと指先を滑らせていく。

その指が真ん中辺りでピタリと止まった。顔を近づけ、目を細め、何度も屏風の中心を撫《な》でてみる。

（何かある？）

もしかしてと思い、行燈を屏風の後ろに置き前に戻って再び顔を近づけた瞬間、明渓の目が大きく見開かれた。

後ろからの灯りで薄っすらと透けて見える屏風の真ん中に小さな影がある。同じように四面全てを裏から透かしてみれば、すべての面に影があった。

（だとしたら……）

もう一度本棚に近づき数冊を抜き出す。

（どこまで理解できるか分からないけれど……）

薄明かりの中、本を捲《めく》る音だけが静かな室内に響く。その音が止んだのは、空がほのかに白んだ頃だった。

一刻《二時間》は寝られただろうか。起こしに来た紅花に、兄弟を皆呼び集めて欲しいと頼むと、明渓は簡単に身支度を整えた。

「本当に遺言状が見つかったんだろうな」

「いいえ、まだ見つかっていません」

「やっぱり、あれだけ大口叩いておきながら所詮女には……」

馬鹿にしたような強秀の視線を、明渓は冷静に見返す。横柄な態度をとられても、普段貴人に囲まれ無理難題をふっかけられている明渓はそんなことでは臆さない。

「まず、私は遺言状を探すことができません。なぜなら、探せた人物こそが後継者となるからです」

一同が顔を見合わせる。明渓の言葉を理解しかねているようだ。

「ねぇ、明渓。それはどう言うことなの？」

「百聞は一見にしかず。実際に見て貰ってもいいかしら」

明渓は雨戸を閉めるよう頼むと、屏風を持ってきて広げ、後ろから行燈で灯した。暗くなった部屋に、屏風だけが白く浮かび上がる。

「分かりますか？　屏風の四面の中に手のひらぐらいの大きさの影があります」

四人はゴクンと唾を飲み込み、それぞれの面に顔を近づけた。確かに明渓の言った通り中央辺りに四角い影があった。

「この屏風は表面と裏面、二枚の紙が貼り合わさって作られています。作る時、その二枚の間に何かを挟んで貼り合わせたので、灯りをかざすとそれがこのように影になって浮かび上がるのです。そしてこれは私の推測ですが、挟まっているのは布だと思います」

屏風を照らしていた行燈を持ち四人の顔を照らすと、苦虫を潰したような顔をする者、戸惑う者、感心する者、納得する者、表情は様々だ。明渓は一人一人としっかりと目を合わせると断言した。

「屏風からこの布を取り出す『技術』を持っている、それが後継となる為の一つ目の条件です」

「取り出す技術、なるほどな。それができる者が後継者ということか」

聞けば屏風は母親の形見だと言う。それを傷つけることなく剥がし、中の布を取り出すには、技術や知識、経験が必要になる。一晩かけて読んだ本によるとけっして簡単な作業ではない。

しかし、紅花を除く三人には心当たりがあるようで、さっそく屏風の各面を繋いでいる金具を外し四面に分けると、一人一人が手に取り工房へと向かった。

部屋に残ったのは明渓と紅花と屏風が一枚。

「私、染色に全く興味がなくて教えて貰ったこと何一つ覚えていないの。上に三人もいるでしょう、私が覚える必要ないって思っちゃって」

自嘲気味に紅花が笑う。

「これ、母さんが大事にしていた屏風なの。無理に剥がして傷つけるわけにはいかない」

「そうね、それでいいんじゃないかな。紅花は後継者になるつもりはないのでしょう」

明渓は微笑みながら紅花の肩に手を置く。紅花はそうね、とあっさり笑うと朝食を食べようと明渓を誘ってきた。

「先に食べてもいいの？」

あの兄の性格を考えると気が引ける。

「大丈夫よ。兄達はそれどころじゃなさそうだもの。普段でも、私達がいつ食事をするかなんて気にしていないわ。父が生きている時はここまで酷《ひど》くなかったのだけど」

「部屋が随分整理されていたけれど、お父様はご病気で？」

「ええ、ずっと肺を患っていて、今年の春、兄さんが帰ってきた頃に医者から次の春まではもたないだろうって言われたわ。その頃からいろいろ整理をしていたんでしょうね」

聞けば夏頃、屏風を修理していたらしい。

それから一刻後、朝食を摂った明渓が紅花《ホンファ》の部屋で微睡《まどろ》んでいると、肩を揺すられた。

「疲れているのにごめんなさい。兄達が居間で待っているから来て貰えない？」

「分かった。すぐに行くわ」

明渓はそっと袖で涎《よだれ》を拭いながら立ち上がると、紅花の後に続く。

居間に入ると、揃って三人がこちらを振り向いた。

強秀《ジャンシウ》が少し不満げに明渓を見ている。遺言状の手掛かりが見つかったのは嬉しいが、明渓の言う通りだったのが腹立たしいようだ。

「言っておくが、この布が出てきただけでは遺言状を見つけたとは言わせないからな！」

「……分かりました」

横柄な男ほど、小物に見えるのはどうしてだろう。少なくとも、この国を牛耳る方々がこんな態度を取るのを見たことはない。

「で、次は何をすれば良いのだ？」

「自分で考えれば」

「何だと！　おい、今何て言った‼」

もはや、呟きで済まない声の大きさで心の内を晒《さら》す。真っ赤な顔をして睨んでくるのを、さらっと無視し朱花のもとへ行くと、出てきた布を借りる。

濃い緑の長方形の布だった。陽に透かして見ても特に変わったところはない。

「昨夜読んだ本によると——私は完全には理解できなかったのですが——染めた色を落とす特別な技法がこちらには受け継がれているのではありませんか？」

明渓の問いに三人が顔を見合わせる。戸惑っているのがその表情から見てとれた。

「秘伝の技のようですからお答え頂かなくて結構です。……そうですね、ここからは推測で話をしますが、その方法によって落とせる色と落とせない色があるとします。その二色でこの布が染められていた場合どうでしょうか」

「一つの色を落としたら、その下から別の色が浮かんでくるわね」

朱花が誰に言うともなく呟く。

「もし、浮かんできたのが文字だったらどうでしょか。文字を浮かび上がらせる『知識』と腕があるかどうか、それが後継者となるもう一つの条件ではないでしょうか」

後継者となるには秘伝の技が使いこなせることは必須条件だろう。

三人は、今度は我先にと工房に向かって走りだした。


半刻後、庭を散歩しているはずの明渓を洋秀《ヤンシウ》は探していた。紅花が呼びに行くと言ったのをわざわざ遮って庭に出て来たのだ。

ある程度の広さはあるものの、大人一人を探すのに困る程ではない。それなのに見つからない。

ぐるりと回り裏口へ行くと、低木の前に蹲《うずくま》る明渓の姿があった。緑の葉が丸く刈られた低木だが、こちらは花がついていない。

「明渓ちゃん、こんな所で何しているの？」

軽い調子で話しかけながら隣に座り、肩にポンと手を置く。

明渓はその手を軽く払う。

「庭の木の手入れはどなたかに頼まれているのですか？」

「庭木？　うーん、でかい木は頼んでいるけど、小さいのは父がしていたよ」

もう一度肩に手が回るも、今度はその手をギュッとつねり上げる。

「連れないね～」

「この木が植えられたのはいつですか？」

「多分、三年ぐらい前かな」

また肩に手を回そうとするので、うんざりだと立ち上がり距離をとった。

「ところで、布から文字は出たのですか？」

「俺はダメだった。もともと後を継ぐつもりはなかったし。兄さんと姉さんは明渓ちゃんの言う通り文字が出て、居間で待っているよ」

（それを先に言え！）

明渓は心の中で舌打ちし、小走りに裏口から屋敷へ入って行く。

居間で待っていた二人が持っていたのは、「椿」の文字が書かれた布。

「椿を染料に使う特別な技術はありますか？」

「いや、ないな」

相変わらず横柄な態度で強秀は言う。

（なるほど、そういうことね）

遺言上の意味が分かった明渓は、クスリと小さく笑う。

父親はきちんと子供達を見ていた。代々受け継いできた家業を、技を、誰が継ぐべきか。

「でしたら、掘るしかないでしょう。椿の根元を」

強秀は最後まで話を聞くことなく、門から玄関までの道沿いにある赤い花をつけた低木に向かって行った。道に散った花びらを踏みつけながら。

「朱花さんも掘りに行ってください」

朱花はハッとし明渓を見る。にこりと微笑む明渓の意図を汲《く》み取ると、小さく頷き裏口へと向かった。

さらに待つこと四半刻《三十分》、先に見つけたのは朱花だった。

やっぱりね、と明渓は思う。

そして、強秀がこんなの認めないと騒ぎ立てるのも予想通りのこと。

「俺は認めない。だいたい女に継げるわけがないんだ。二つの条件は理解できるが最後のは偶然、早い者勝ちで意味がない」

「意味ならありますよ」

ここまできたら、遠慮する気などさらさらない。

侮蔑を含む眼差《まなざ》しで、強秀を見上げる。

「なぜならお父様は、あなたに継がせないためにこの条件を作ったのですから」

「なっ、どう言うことだ！」

怒気を含んだ目で見下ろし睨みつけてくる。

いまにも掴みかからんばかりの勢いだが、そんなことに怯《ひる》む明渓ではない。

「椿と山茶花《さざんか》の違いが分かりますか？　この二つは植木屋でも見分けがつかないぐらい似ています。あなたが先程掘っていたのは山茶花の根元です」

この二つの一番の違いは花の散り方だ。山茶花は花びらを散らし、椿は花ごとポトリと落ちる。明渓が公主達と作った氷に入れたのは山茶花の花びらだった。

「椿があるのは裏口だけです。貴方が普段近寄らない裏口です」

「いや、だからと言ってそれだけで俺に継がせる気がないとは言いきれないだろう。偶然裏口に行くこともあるし、覗き込めば近づかなくても花が見える。どちらが先に見つけるかはやはり運であり、そこに親父の意図はない」

明渓は首を振った。運なのではない、そこには歴然とした意図がある。

「今年、椿が花をつけることはありません。お父様は春先に主治医から一年もたないと宣告されたと聞きました。椿は新緑の頃、花芽が枝の先に出始めます。花芽がついてから花が咲くまでの間に剪定《せんてい》し、枝先を切るとその年は花を咲かせません。実際そろそろ蕾をつける時期にも関わらず、裏の椿にはありませんでした」

「それは、親父が切ったからか？」

「はい。もし遺言状が見つかった時に椿が咲いていたら、あなたが気付いてもおかしくありません。しかし、三年前に植えたあの木が今年花をつけなければ、あなたはあれが椿だと知ることはできません」

強秀の表情が怒りから戸惑いに変わる。父から信頼されていたのは自分ではなかったのかと愕然《がくぜん》とするも、同情する者はだれ一人いない。

「どうして、俺は長男だぞ。技術もあるし修行に行き新しい知識も得て腕も磨いた」

「はい、ですから二つの条件には合格しました。でも最後の条件に相応《ふさわ》しくなかった」

一つ目の条件が『技術』、二つ目の条件では『知識』が求められた。そして。

「三つ目の条件は『上に立つ者の器』ではないでしょうか。上に立つ者ほど、自分を律し人の意見に耳を傾けなくてはなりません。性別だけで判断し、女性を侮るような言動を繰り返す人間は後継者に相応《ふさわ》しくありません」

きっぱりと言い放った明渓を強秀は睨《にら》みつけ、襟首を掴むと容赦なく壁に押し付けた。背中に鈍い衝撃が走る。

「私が遺言状を見つけたら、なんでも聞いてくれるのですよね」

襟が締まり苦しいはずなのにそれを微塵《みじん》も表さず見返す。あまつさえ笑みを浮かべている。

「手合わせ願いませんか？　あと、できるだけ人を集めてください」

明渓は居間の隅にある木刀を指さした。


場所はこの時期何も植えられていない畑。

その周りをぐるりと人が取り囲む。工房の人間は全員呼んでもらった。意外なことに半数は女性だ。あとは、近くの家の人間と……

明渓の視線が一点で止まる。

(どうして居るの？)

視線の先には、呆れた顔の白蓮と、何が始まるのかワクワクしている雲嵐《ウンラン》。それから後ろに韋弦《イゲン》ともう一人日に焼けた痩身の男がいた。その男は雲嵐の側近であり護衛でもある燗流《カンルー》で、朱閣宮で明渓と会っている。

「おい、どこ見ているんだ！」

強秀《ジアンシウ》に呼ばれ視線を戻す。この寒空にわざわざ上着を脱いで木刀を構えているのは、

鍛えられた身体を誇示するためかも知れないが、

（露出狂？）

思わず眉を顰《ひそ》める。

田舎では夏場、武人が上服を脱ぎ訓練するなど日常茶飯事で、明渓には見慣れた光景。ただ寒空の下でやったらただの変態だと思う。

（いい体躯をしてはいる）

ちらっと視線を貴人達に移す。

（医師もいる）

多少無理をしてもどうにかなると判断した。

「お互い怪我《けが》をしても文句なし、手加減なしでやりませんか？」

「ふん、俺は別に構わない。その細腕で随分強気だな」

強秀は余裕の笑みを浮かべながら、明渓の腿《もも》ほどの太さがある腕で木刀を握る。遠巻きからは辞めておけ、と明渓を心配する声がするも聞き流した。

「来いよ」

「分かりました。では」

遠慮なく明渓は一歩踏み出す。始めのひと振りは正面から真っ直ぐいった。

強秀はその一撃を木刀で払い飛ばすと、手首を返し頭上から木刀を振り落とす。明渓は両手に力を入れその一撃を受け止めるも、手のひらにジンと痺《しび》れる感覚があった。

（やはり力では競り負ける）

木刀を横に振り、上からの力を横に流すと後ろに飛び退《の》く。

「分かっただろう。無理なんだよ、女には」

強秀が続けざまに木刀を振ってくる。だが、明渓に届くことはない。

「身は軽いようだが、逃げてばかりでは勝てないぞ」

明渓は顔目掛けて突かれた木刀を、身を捻《ひね》り最低限の動作でよける。

女の顔を狙ったからだろうか、遠巻きから野次が飛び始めた。

しかし、明渓は眉一つ動かすことなく冷静。どんな一撃でも当たらなくては意味がない。


「韋弦殿、彼女の剣筋は中々のようだな」

燗流が低く渋い声で問いかける。年は韋弦と同じくらいだろうか。

「あぁ、かなりの手練《てだ》れだ。身軽なのは見ての通りだが、明渓の優れたところは、柔らかくしなやかでありながら強い芯を持つ身体だ。腕だけでなく全身で振り抜くから一撃が重い。武官としても充分やっていける」

「それは是非、こちらにいる間に一度手合わせを願いたいな。そう言えば青周様に手習いを受けていると聞いたが」

クックッと韋弦は喉を鳴らし笑う。目だけは試合を追っている。

「一度拝見したことがある。青周様は余裕の表情を貼り付けていたが、あれは本気だった」

ほぉ、と燗流が呟くのと同時に鈍い音がした。明渓の木刀が強秀の右太腿を打ったようだ。

「ところで、医官ともなると普段から薬を持ち歩いているものなのか？」

「あいにく女性《にょしょう》の顔を狙う男に塗る薬は持ち合わせていないな」

再び鈍い音がした。今度は強秀の左肩に木刀が振り落とされる。

続けざまに明渓は木刀を高く掲げ頭目掛け振り落とすも、強秀はそれを右手一本でかろうじて受け止めた。

明渓の口元が弧を描く。

強秀はしまったと焦るも、もう遅い。

明渓は身体を捻り臍《へそ》の奥に重心を置きながら、そのガラ空きになった胴目掛け木刀を振り切った。

ガツッと鈍い音と、ウゲッと言ううめき声がしたのはほぼ同時。

強秀は膝を折って蹲《うずくま》り、吐瀉物《としゃぶつ》が地面に汚泥を作る。

皆が唖然《あぜん》とする中、明渓は冷酷な目で木刀を両手で構えると、

「明渓！　やめろ‼」

遠くから聞こえる制止の声を無視し、顔目掛けて全力で両腕を突き出した。

シュッと風を切る音。

次の瞬間木刀は見開かれた強秀の右目一寸《三センチ》のところでピタリと止まった。

「…………」

暫くの沈黙のうち、まず工房の女性達から拍手が起こり、連鎖するように皆が手を叩き始める。

白蓮と韋弦は顔を見合わせると、手当てをする気は無いものの、一応医師として二人の元に駆け寄った。

「折ったか？」

何を、と聞くこともなく白蓮が問いかける。

「ちゃんと手加減しています。ひびで済むように」

明渓は呆れつつ振り返ると、最後のひと声はなんですか、と不満気に口を尖らせた。

そんなに自分は信頼されていないのかと。

それから、嘔吐している強秀をちらりと見る。

（これから先、この男の考えが変わるかどうかは分からない。でも、これだけ大勢の

前で恥をかかせておけば、今までのように振る舞えないでしょう）

次に自分達を取り囲んでいる人間をぐるりと見た。大方、明渓の快進撃を楽しんでいるようだ。押され気味の弱者が最後に逆転する展開《シナリオ》は面白い。最初のひと太刀で仕留めなかった明渓の計算が功を奏したようだ。

（女が出しゃばることを良しとしないのは強秀だけではない。朱花さんが後継者となることを非難する人が少しでも減ればいいいなぁ）

明渓はそう願った。

「お、お前、女の癖に……」

洋秀に背中をさすられながら、まだ立つことができない強秀が悪態をつく。

「その女に知恵でも剣技でも負けたのは誰ですか？」

強秀はぐっと言葉を呑み込むも、蔑《さげす》む態度は変わらない。

明渓の表情にはあからさまに軽蔑の感情が表れていた。

しかし、その目はどこかゾクリとするような色香が滲む。

持っていた木刀の先を強秀の顎下に入れると、ぐいっと上を向かせた。見下ろす明渓の目が充血した強秀の目を絡め取る。紅を塗っていないはずの唇がてれっと赤く艶《なま》めかしい。

「つまらない男」

それだけ言うと、明渓はその場を後にした。

白蓮は何やら悦に入った表情を浮かべその後ろ姿を見送る。

「……開いた口から涎が垂れていますよ」

韋弦が呆れながら呟いた声すら、本人には届いていないようだった。


さて、用も済んだし帰ろうか。明渓は紅花《ホンファ》に木刀を返すと一人で帰ろうとする。ごく自然に、さらりと。

「ちょっと待て、どうして先に帰る？」

「……」

にも関わらず通りに出た所で、後ろから肩を掴まれてしまった。ピクリと目尻が引き攣ったのに気づいていないのか、白蓮は当たり前のように横に並んでくるも、明渓はフッと前を向くと何ごともなかったかのように歩き出す。

「おい！　無視するな」

「していません」

「ちょっと立ち止まってみようか」

「私はただの侍女ですし、歩いて帰ります。白蓮様はどうぞ馬車でお帰りください」

「やだ」

「ちっ」

思わず舌打ちをするも明渓は足を止めない。いや、寧ろ早足、なんなら駆け足。

（しかも雲嵐《ウンラン》様まで付いてきている）

この二人が徒歩ということは、お付きの韋弦《イゲン》と燗流《カンルー》も少し後に続いてくるわけで。

別段一緒に帰ってもいいのだけれど、せっかくの開放感がなんだか萎んでしまう。走って撒こうか、と考えていると、通りの向こうから体躯のいい男がこっちに向かってくるではないか。

悠然と、大股で歩くその姿。嫌な予感が脳裏をよぎり白蓮を見れば、こちらも頬をひくひくさせていた。男はよっ、とばかりに片手を上げる。

「あれ？　もしかして終わってしまったか」

潮風で茶色くなった髪をガシガシ掻きながら、ニカッと笑う姿だけ見れば、好漢に見えなくもない。実際はただの問題児だが。

「空燕《コンイエン》様、どうしてここに」

「明渓の勇姿を見られると聞いて急いできたんだ」

誰に聞いた。後ろを向けば、雲嵐が目を逸らす。そうだ、この二人意外と仲が良い。

「もう終わりました。それに、急いでいたように見えませんが」

「そうか？　ま、終わったならいいや。明渓、今から俺と逢引《デート》し……待て、無視するな」

「していません」

「ちょっと立ち止まってみようか」

「私はただの侍女ですから」

言葉半ばに脇をすり抜けようとすると肩を掴まれ、それに加えてこのやりとり。二度目だ。見た目も性格も違うがやはり兄弟なのか。

「うまい酒が置いている店を教えて貰ったんだ」

明渓の足がピタリと止まる。空燕はニヤリと笑うと素早く前に周り込み、屈み扁桃に似た目を覗き込んできた。

「北の方で作っている酒を仕入れているらしい。その地方のツマミも出していて、これが辛いが癖になる美味さとか」

細い喉がごくんと音を鳴らす。

辛いのは嫌いじゃない、そして酒は大好きだ。身体を動かした後の酒は美味く、まして気に入らない奴を叩きのめした後の酒は最高で。何と答えるべきかと口をふにふにさせていると、パシリと肩を叩かれた。

「よし！　決まりだな」

有無を言わせぬ笑顔に、明渓は仕方ないかと頷く。皇族と親しくなるのは不本意だけれど、ここまで強引に言われては断れないし、と自身に言い訳をした。

「それなら俺も一緒に行きます」

そうはさせまいとさっと白蓮が二人の間に割り込む。空燕は僅かにおっと目を開くもすぐにその背中をバシリと叩いた。邪魔された割には嬉しそうだ。

「はは、いいぞ。お前の元服祝いもしたかったしな。ただ、酒は飲むな。俺が東宮に怒られる」

「分かりました」

「韋弦、俺と明渓がいるから警護は不要だ。先に帰っていろ」

空燕が少し離れた場所から呆れ顔で見ている韋弦に声をかける。何を言っても無駄なのを知っているのか韋弦はあっさりと頷いた。

「そういえば空燕様にお付きの方はいらっしゃらないのですか？」

「俺は強いからな」

ハハハ、と豪快に笑う空燕を横目に白蓮がそっと耳打ちで教えてくれた。

「付き人が一ヶ月もせずに体調を崩して辞めていくんだ」

「納得しました」

そうだろう、そうだろう。

側近にひたすら同情する。

空燕の言う店は歩いて四半刻ほどらしい。三人は連れ立って歩き始める。

飲食店が軒を連ねる道から一本入ったその場所、軒先に赤字で書かれた文字を指差し、空燕がここだと言った。

「庶民的な店なのですね」

皇族にこの店を進めた人物が誰か気になる。ある意味肝が据わっているのではないだろうか。

「もう少し豪華な店が良かったか？」

「いいえ、美味しい酒があれば良いです」

「それならよかった」

「……俺の祝いですよね？」

白蓮が不満げに半目で愚痴るも、空燕は気にせず扉に手をかける。しかし開かない。

「あれ？　休みか？　でも灯りは付いているな。おーい！」

空燕は遠慮なくドアを叩く。通りすがりの人が何ごとかと振り返るも、それを気にするのは白蓮だけ。そういうところは常識人だ。

「空燕様、まだ営業時間ではないのではありませんか？」

「確かに夕食には少し早いものな。しかたない、ここで待つか」

そう言いながらも、空燕は落ち着きなく窓から店内を覗く。その内、ちょっと裏口も見てくると言って店の横の人一人通れるほどの路地に入っていった。

残されたのは明渓と白蓮。さて、どうしようかと、明渓は窓越しに店内を見る。すると、裏口の方から空燕の声と扉を叩く音が聞こえた。

「俺、他の店でもいいんだけれど」

「私も飲めればどこでも」

しかし、空燕の声はまだ響く。単に地声が大きいのもあるが。すると店内でゆらりと揺れる人影が見え、しばらくたって扉が開いた。

「すみません。お店、何刻《なんじ》からですか？」

「申し訳ございません。今日は定休日……」

「おっ、やっと店が開いたか」

出てきた三十代の店主らしき男が申し訳なさそうに頭を下げるも、タイミング悪く空燕が戻ってきた。

「コ……燕《エン》殿、今日は店は休みだそうです。また出直しましょう」

「そうなのか？　これから出掛ける用事でも？」

「あっ、いや、そういうわけでは……」

空燕は外では燕と名乗っている。捻りも何もないが、覚えやすいし分かりやすい。

店主は体躯と身なりの良い男に迫られ口籠る。そこに漬け込むように空燕は懐から重たそうな袋を出し男の手ひらに置いた。

「一刻だけでいい。店を開けてくれないか」

「へっ、いや……えーと」

手のひらのズシリとした重さに頬が緩むも決断しかねているようだ。すると奥から女房らしき女が出てきて、男の掌から袋を奪った。

「……これはこれは。こんな辺鄙な場所にわざわざ来て頂いたのですから、特別に店を開けさせ貰います。ね、あんた。」

「そ、そんなこと言って、お前料理は……」

「大丈夫、なんとかなるわ」

女は三人を招きいれ、奥の席へ案内した。

空燕の向かい明渓、その隣に白蓮が腰を下ろす。

「良い酒があると聞いて飲みにきた、それを一本と、料理を数種類頼む。あと茶を一杯」

「はい、ありがとうござい」

女房は愛想の良い笑顔を向けると、まだ入り口で所在なく立ったままの男の腕を掴んで厨に入っていった。

「空燕様、強引すぎますよ」

白蓮が咎めるも、空燕は意に関せずケロリとした顔で明渓を見る。

「だって、ここまで来たんだし。なぁ、明渓」

「……ま、そうですね」

「店を無理矢理開けさせていいわけないでしょう！　明渓も納得するな」

明渓はどうしてこの面子でここにいるのか、という思考をもはや放棄した。言ったところでどうにもならないし、美味い酒が飲めるなら黙っておいた方が良いというもの。


すぐに女は酒を持ってきた。

「お待たせしました。こちらお酒とお茶です」

ドン、と置かれた一升瓶。料理もお持ちしますと女は愛想笑いを浮かべながら厨へと下がる。空燕は瓶を手にし、それを一瞥するとスッと明渓に手渡した。手渡された明渓もそれを手にした途端、僅かに眉間に皺が入る。

「メイ、どう思う？」

「そうですね、このお酒には親しみを感じ好きなのですが、いろいろ思うところはあります。ですが、ひとまず飲みませんか？」

「……俺以上に豪胆だな」

「まさか、御冗談を」

白蓮は茶を啜りながら二人の会話に首を傾げた。微かに空気が変わり、しかし明渓は既にいつもの顔に戻って二つの杯に平然と酒を注いでいる。

注がれた酒を空燕は一気に飲み干した。

「これはこれで悪くない」

「はい、美味しいです」

奥歯にものの挟まった言い方だ。白蓮が怪訝に思っていると間も無く料理も運ばれてきた。豚肉と野菜の炒め物、たっぷり薬味が乗せられた鶏肉の揚げ物、ふんわり卵と海老を絡めた物。辛いのが売りと言うだけあって、どれも唐辛子が多く使われている。

「美味しそうですね」

二人がその料理をただ見る中、白蓮はそう言うと鶏肉を取り皿に入れようとする。明渓は慌て手を伸ばし白蓮の代わりに肉や野菜を皿に入れ、貴人達の前に置いた。どれも良い匂いで食欲をそそるし、肉、野菜は同じ大きさに切られ盛りつけも丁寧、口にすれば、家庭料理らしい味付けだった。

「思ったより悪くないな」

「はい、これはこれで良いとは思うのですが」

ここまでくると白蓮とて苛立つというもの。二人だけが何かを理解し、暗黙の了解のような会話をする。仲間はずれにされたようで、実に気分が宜しくない。俺の祝いはどこへいったと思う。

「あの、二人は何を企んでいるのですか？」

「別に企んでいませんよ」

「えっ、俺は企んでいるぞ」

ニカっと悪気なく笑う。明渓はそれを見て心底嫌そうに眉根を寄せた。

「何も空燕様自らされなくても」

「民が困っているのに助けず皇族と言えるものか」

言っていることは正しいが、面白そうなことに首を突っ込み引っ掻き回す悪餓鬼と同じ匂いがする。

「だから、俺にも分かるように説明しろ」

とうとう白蓮が声を荒げたので、明渓はしっと人差し指を立てた。そんな声を出しては気づいたことに気づかれてしまう。

「分かりました、説明しますから静かにしてください。まず、このお酒の銘柄ですが、私の出身地である東の地の物です」

瓶に書かれた親しみありすぎる銘柄を指差す。北の酒が旨いと評判だが、他の地域の酒を取り扱っていても不思議はない。しかしだ。

「それはおかしくないか？　空燕様は『良い酒があると聞いて来た』と仰った。北部の酒と料理を売りにしているならそれを出すだろう」

「その通りだ、しかし出てきたのはこの酒。ま、これはこれで美味いが、そうか明渓の里の酒か。今度、是非一緒に仕入れに行かないか」

「仕事がありますので」

話が逸れたことに白蓮は苛立たち、粉唐辛子がたっぷりかかった豚肉と野菜を頬張る。ピリピリとした舌にくる辛さに、次いで喉が焼けるようで思わず近くにあったお茶で流し込む。

「辛すぎませんか？」

「すまん、子供には少し辛かったかもしれないな。でも、これは俺も予想外だから許してくれ」

「もう子供ではありません。でも、予想外とはどういう意味ですか？」

空燕は目の前の料理を指差す。明渓は唐辛子たっぷりの料理を頬張り、酒を口に運ぶ。箸の進み具合いから気に入っているように見えるのに、なぜかその眉間には皺が刻まれ機嫌が悪い。

白蓮とて頭が鈍い方ではない。医官としてやっていけるだけの知識は持っているし、物覚えも悪くない。

ただ、この二人が飛び抜けているだけのこと。

「白蓮様、『辛い』といってもその種類は様々あるのはお分かりですよね？」

「と言うと？」

「たとえばこの唐辛子、これも『辛い』です。でも、山椒を効かせた料理も『辛い』と表現されます」

白蓮は頷く。確かにどちらも辛いというが、片方はヒリヒリするような、もう片方はピリリとするような辛さだ。もっとも表現は人それぞれだろうが。

「それは分かるが、だからなんだと言うんだ」

「北の地方では山椒を使った料理が有名なのです。唐辛子は国内どこでも使われていますが、ここまで使うのは南部の料理かと」

北の酒と北の料理を売りにした店。にも関わらず東の酒と南の料理。酒は客の好みに合わせ他の地方の物も仕入れることがあるだろうが、南の料理を出すのはおかしい。

「どういうことだ？」

明渓と空燕は、まだ分からないのかと呆れ顔で顔を見合わせる。だから、お前達が規格外だと言おうとしたところで、白蓮もやっと気づいた。

「つまり、あの店主と女はこの店の人間ではない」

ようやく分かったかかた、と二人は呆れながら頷く。それを見た白蓮は、やっぱり釈然としないものを感じた。


いろいろ思うところはあるが、ここまでくると話は早い。

おそらく偽店主はこの店に入った泥棒。盗みの途中か終わった頃かは分からないが、兎に角都合の悪い時に客が来た。初めは居留守を使うもやけにしつこいので、対面し断ろうとすると意外にも金を持っている。

それなら適当に酒と料理を出し、売り上げも頂こうと欲をかいたのだろう。相手が悪かった。

本物の店主は店の中にいる。そうなると犯人が何人いるかが問題。偽店主夫妻以外にもいるので有れば、二人を捕まえたところで人質を盾に取られ抵抗される可能性がある。

ここまでは凡人でも想像はつくが、規格外の二人はさらに先を行く。

「店の作りから考え、捕まった本物の店主がいるのは厨か二つの倉庫のどれかです」

店の奥には二つの扉がある。店の大きさ、扉と扉の間隔から考え部屋はそれほど広くはない。大方、倉庫や物置に使っているのだろう。

「三か所か。しかし多くはない」

「正確には二か所です。厨はここから見えませんので、厨に本物の店主がいれば脅し料理を作らせたさせたはずです」

恐らく二人は南部の出。どちらが料理を作ったか分からないが料理上手の素人、もしくは元料理人と考えられる。

そうなると、残りは倉庫だけ。

「私が偽店主夫妻を押さえますので、空燕様と白蓮様は物置を確認し捕われた本物の店主夫妻を保護してください。あの二人でしたらすぐに片付きますので、見張り役も私が……」

「明渓、何故そうなる。いや、そう言うとは思っていたが」

「だってお二人は皇族です。危ない目になんか合わせられません」

明渓としては店に自分が残り二人には武官を呼びに行って貰うのが最善の方法だと考えている。しかし、どちらもそれに頷くとは思わないからこれでも妥協したのだ。

「メイ、役割交代だ」

「ですが」

「俺命令、分かったな」

そう言われればうぐっと黙るしかない。それに、空燕と白蓮は外套の下に帯剣しているも明渓は丸腰。渋々頷きお互いの行動を確認すると空燕が偽店主を呼んだ。

「はい」

愛想笑いを浮かべつつやって来た偽店主の腕を、笑みを浮かべた空燕ががしりと掴む。へっと首を傾げるのと同時に腕が背中にねじ上げられ「痛い」という悲鳴とともに、何やら鈍く折れる音がする。明渓が悲鳴を上げる寸前の男の口に手拭いをねじ込み、同時に腹に拳をめり込ませると、男は声にならぬうめき声を小さく喉から漏らし、その場に崩れ落ちた。

（羨ましい）

あの力技、どんなに頑張っても明渓にはできない。捻り関節を外すぐらいならできるのに、と思いながら奥の物置部屋へと走り出す。白蓮も後に続いた。

物音に気づいて厨から出てきた女が、床で丸まる偽店主を見て「ひっ」と悲鳴をあげたのが背後から聞こえるも、そちらは空燕に任せておく。白蓮の方が僅かに早く扉を開けたがそこには誰もいない。それならこちらが当たりと、明渓が奥の扉を勢いよく開けると、果たして、縛られ猿轡を咥えさせられた本物の店主夫妻とやけにがたいのいい男がいた。

明渓が身構えた瞬間、男の太い腕が飛んでくる。狭い部屋の中で身を屈めそれを避けながら腹を思いっきり蹴り上げた。

（こいつ）

まるで砂袋を蹴り上げたような感触に明渓の顔が歪む。蹴られた男は僅かに顔を顰めるも、すぐにニヤリと不敵な笑みを浮かべた。

（筋肉だるまか）

もっとも明渓が苦手とするところ。おまけに素手だ。

「白蓮様逃げてください！」

叫んだところで、でかい足が顔面向かって飛んできた。両腕で防御しながら後ろに飛ぶも、食らってしまい数メートル吹っ飛ぶ。

（痛っ、……でも腕は折れていない）

蹴られた腕を振り、素早く怪我の程度を確かめる。痺れてはいるけれど致命的な傷は負っていない。しかし相手が待ってくれるはずもなく、今度は踏みつけるように男が足を落としてきた。転がり避け、その勢いで立ち上がると同時に側頭部めがけ回し蹴りを食らわす。

素早い動きについてこれなかった男はそれをまともに食らった。軽い脳震盪にふらりとなるも、すぐに体勢を整える。

「よくもやったな」

怒声と共にぎろりと明渓を睨み拳を振り上げようとしたその時、負けじと太い腕がそれを掴み阻んだ。

「いやいや、逃げろや。素手で熊相手は無理だろ」

「でしたら腰の刀を貸してください」

「貸したらやれるか?」

「間違いなく」

その自信はどこから、と思うと同時に渡せるかと思う。空燕は男の背中を蹴りあげた。メリッと鈍い音がするも男はすぐに振り向き空燕に飛びかかろうとする。しかしそれより早く空燕が刀を抜いた。

こんな大きな刀をどうやって外套の下に隠していたのかと思う。でかいだけでなく分厚い。骨すら砕き割るだろうそれを片手で悠々と構えた。

「さて、続きと行きたいところだが、優秀な側近が武官を呼んだらしいな」

その言葉に入り口を見れば韋弦が数人の武官を連れ立っている。どうやら帰ったように見せかけ跡をつけていたようだ。皇族の性格をよく分かっている。

犯人は三人、それを武官が手際よく締め上げていく。

「後を着けられていることに気づきませんでした」

明渓が悔しそうに韋弦を見上げる。韋弦はパチリと瞬きをしたあと、さもおかしそうにクツクツと笑った。

「当たり前です。皇族の側近ですよ、剣の腕は認めますがそれでも素人の貴女に気づかれては私の矜持に関わります」

もっともな意見に頷きつつやっぱり悔しい。

それに、空燕にも助けられている。

「空燕様、強かったんですね」

「当たり前だ。船で異国を渡れば海賊に出くわすことも一度や二度じゃない。服で隠れているが肩と腰には刀傷も残っている、今夜見るか？」

「見ません」

なんだか釈然としない。田舎では武官相手に対等にやりあったが、世の中はずっともっと広いようだ。

「もっと鍛えなきゃ」

「待て、明渓はどこを目指しているんだ？」

至極真っ当な白蓮の突っ込みに、残りの二人も頷いた。

そのあとは本物の店主が三人に礼を言い、酒と料理をたんまりと出してくれた。半ばやけになり煽るように飲む明渓の酒量に、残りの三人が唖然としたのは言うまでもない。

6　白蓮の幽霊騒動

「なぁなぁ、聞いたか？　『暁華皇后《シャオカ》の呪詛《じゅそ》』の話」

医具を片付けながら話しかけてくるのは同僚の敏《ミン》。年は俺の一つ上で比較的仲の良い医官だ。

ここでも呪詛か。いい加減うんざりだと思いながら、これまたうんざりするほどある手拭いと包帯の山に手を伸ばす。

「知っています。でも、あれは呪いじゃなくて……」

「貴妃様、梅露《メイルー》妃様に続き霊宝堂でも何かあったらしいぞ」

「霊宝堂？」

待て、そんな話俺は聞いていないぞ。明渓は知っているのか？　手拭いを畳む手が止まったのを見て、何を勘違いしたのか敏は満足気に笑う。

「まだ知らなかったんだろう。この話は、淑妃様の侍女から聞いたから確かだ」

ということは空燕様が絡んでいるのだろう。久々に帰ってきたと思ったらさっそく何かやらかしたな。

「侍女の話では、空燕様が霊宝堂に参られた際に真っ二つに割れた白水晶を見つけたらしい。前日まで割れていないのは確認されていて、その日は空燕様が入るまで立ち入った者はいなかったという話だ」

なんだ、そんなことか。それのどこが呪詛だというのか、答えは明白。

「それ、空燕様が割ったんじゃないですか」

そうに決まっている。俺でなくとも皇族なら皆そう思だろう。しかし、

「おいおい、空燕様がそんなことをする訳ないだろう。なんていったってこの国の外交を一手に担う凄いお方なんだから」

あぁ、またか。どうしてそんなに外面が良いのかと不思議になる。

確かに空燕様は、その破天荒な性格と軽い物言いからは想像できないほど頭が良い。話せる言語は片手で足らず、話術と算術に長《た》ける上、鋭い審美眼を持っているので商談で右に出る者はいないと言われている。それに、異国を渡り歩いているので、知識も人脈も豊富で世界情勢に詳しいのも事実。

だからだろう、宮中での空燕様の評価《イメージ》は知識人《インテリ》で、本人をよく知る者からしたら、

滅多に宮中にいないせいで理想が具現化したとしか思えない。

「で、話はこれからが本題だ」

「まだ、何かあるんですか？」

うんざりしながらも答えてやると、敏は前のめりになり声を小さくする。

「さっき聞いた話なんだが、暁華皇后の侍女の幽霊が後宮に現れるらしい」

ポロッと手からこぼれた包帯が卓の下に転がり落ちた。そんな話は初めて聞くぞ。

「……えーと、まずですね。後宮にいる人間で暁華皇后の侍女の顔を知っている者なんているのですか？」

「ああ、それなら正確に言えば皇居の侍女の幽霊だ。でもこれだけ呪詛が広まっているのだから、暁華皇后の侍女に決まっているだろう」

後宮の侍女と皇居の侍女は服で見分けがつくが、それはあまりにも飛躍しすぎというもの。

「それで、その幽霊が妃嬪《ひひん》達の宮を訪れていると？」

「いや、現れるのはある建物だ。なあ、この後幽霊探しに行かないか？」

肩をがっしりと掴まれた時点でそれは決定事項だと悟った。


日付が変わる頃、強引に連れ出された俺は闇に紛れるよう真っ黒の外套を頭から被っている。なんでこんな寒い夜に男と出歩かなければいけないのか、まったく納得いかない。

暫くすると、暗闇からこっちに向かってくる足音が聞こえた。

「おーい。うまくいったぞ」

肉付きの良い身体を揺らせながら走って来たのは、敏と同じ年の瑛任《エイジン》。

「おっ、流石《さすが》だな。なんて言って借りてきたんだ？」

「借りられなかったから、差し入れを持っていって油断したところを盗んできた」

俺はいったい何に巻き込まれているんだ？　鼻高々に瑛任が懐から出してきたのは銀色の鍵。不穏なことこの上ない。

「でも敏、こんなことして幽霊に呪われたりしないのか？」

「幽霊なんていないさ。どうせどこかの侍女が誰かと密会しているんだろう。普段人が少ないあの場所なんて密会にぴったりじゃないか」

「でも何人も見たって言うんだぞ」

そう言って俺のことを見てくる。同意して欲しいのかも知れないが、どちらかと言えば俺も敏と同じ考えだ。

「では敏さんは、幽霊を信じていないにも関わらず、俺に幽霊を探しに行こうと言ったのですか？」

「ああ、そう言った方が食いつきがいいだろう」

「信じていないなら、何のためにこんなことをしているんですか？」

「しいて言うなら、いつも俺達をこき使う先輩医官に、幽霊の正体を暴いたって自慢したいからかな」

暇なのか？　眠い俺を巻き込まないで欲しい。

「そのためにわざわざ鍵を盗むなんて」

「今から行く建物は、時間になると管理者である宦官《かんがん》によって施錠されるから仕方ないだろう」

「鍵がかかっている建物で密会ですか。どうやって入ったのかも謎ですが、見た人もどこから見たんですか？」

「窓に薄っすら浮かぶ灯りを見つけ、不思議に思って中を覗くと緑色の侍女服を着た女がぽつんと立っていたらしい。だから暁華皇后の侍女だと噂が立っているが、普通に考えて密会だろう」

女を見たのは宦官で、その建物の鍵を管理している宦官とは顔みしりだったらしい。それで鍵が盗まれたのではと、慌てて知らせにいったが、引き出しの中に鍵はしまわれたまま。鍵は一本、不思議に思った二人は再びその建物に向かい、鍵で扉を開け部屋の中をくまなく探したが誰もいなかった。忽然《こつぜん》と姿を消した侍女はこの世のものではないと驚き慄《おのの》き、幽霊の噂が広まったらしい。

でも、瑛任のように鍵をこっそり盗んだ奴が複製を作り密会に使っていると考えた方が合理的だろう。

密会探しか、つまらんな、と思った俺はその建物を見て言葉を失った。


ガチャリという鈍い音とともに錠が外れた。古い扉が音を立てないよう慎重に開け、俺達は黴《か》びた臭いのする部屋に入る。

「俺、ここで人が来ないか見張っているよ」

弱気な声で入り口の扉の前に座り込んだ瑛任に、敏は呆れながら頷いた。見張りはいた方が良いと判断したのだろう。

室内は当然ながら真っ暗で、頼りとなるのはお互いが持つ提灯《ちょうちん》だけ。

入り口が南側、室内には棚が等間隔で入り口から奥に延びるように十列程並ぶ。一列につき、棚は五つ、合計五十近い棚が整然と並んでいることになる。

その一番西側の奥にぼんやりと灯る提灯の灯りを見つけ、敏は拳を握り俺に囁《ささや》いた。

「挟み撃ちにしよう。俺は南から、僑月《キョウゲツ》は北から行け。入り口には瑛任がいるから逃げ道はない」

「……分かりましたが、密会ならそっとしておいてやりませんか？　楽しんでいるところ水を差すというのも」

「あのなぁ、ここは後宮、密会は帝への裏切り行為だぞ。そんな羨ましいことをしている奴は捕まって当然だ」

それが幽霊探しに行こうと俺を誘った本音か。そっとしておいてやれよ。いろんな意味で。

止めようとするも、聞く耳持たず。俺は仕方なく北の通路を西へと向かいながら頭をフル回転させる。こんな時明渓がいてくれたらいい案を出してくれるのに、と堂々巡りのようなことを思う。

「いた……」

一番奥の棚の中央付近。床に置いた提灯の灯りにぼんやりと照らされているのは緑の上衣を着た女。

寒いはずなのに背中が汗でびっしょりだ。どうしてくれる。

俺とは反対側から灯りを消した敏が、黒い外套を頭から被りそっと幽霊に近づく。

俺も提灯を床に置き、いつでも動けるよう身構える。幽霊は頭から肩にかけて黒の布を被っているので顔は見えないが、布が邪魔して敏がいることに気づいていない。

いや、手に持った物をじっと見ているから、集中して気づいていないのだろう。

提灯を蹴とばそうか、そうすればさすがに気づくはず。そう思い足を上げるも、一瞬早く敏が動いた。幽霊の短く小さな悲鳴が響く。

　こうなったら、遠回しなことをしている場合ではないと俺は叫んだ。

「危ない‼」

　その声に素早く反応した幽霊は、上げようとしていた足を後ろに引き、そのままひらりと身を躱《かわ》した。目的を失った敏の身体が宙を舞い、ドサッという鈍い音と共に床に倒れ込んだのは、ほぼ同時。

「大丈夫か？」

　慌て駆け寄ると敏は鼻を打ったらしく、顔を押さえながらも周りを見る。

「……消えた？」

　提灯の灯りに照らされているのは俺の白衣。何度見回しても侍女の幽霊は見当たらない。腕を引っ張って立たせ、床の提灯を近くにある卓に置いてからも、敏は必死に周りに目をこらしている。しかしここは一番奥、つまりは行き止まり。

「おい！　大丈夫か？　凄い音がしたけれど」

「瑛任、そっちに誰か行かなかったか？」

「いや、誰も来てないぞ。えっ、待て……もしかして出たのか？」

　入り口から様子を見に来た瑛任の言葉は、最後にゆくにつれ震えていた。敏を見れば、顔色がみるみるうちに青白く変わる。

「大丈夫ですか？」

「僑月、見たか？」

「何をですか？　私は何も見ませんでしたが」

飄々《ひょうひょう》と答えると、さらに顔色を悪くし俺に持っていた鍵を押し付けてきた。

「お、俺達は帰るから、おまっ、お前、戸締りしとけよ‼」

そう言うと脱兎のごとく逃げ出した。俺は耳をすませ入り口の扉が閉まる音を聞いてからほっと卓に腰掛け、その下を覗き込んだ。

「……で、何やってんの。こんな時間に蔵書宮で」

溜息交じりに問いかけると、卓の下の黒い塊がのっそりと出てきた。

「何って、……本を借りに来ただけですよ」

俺の外套を頭からすっぽり被った明渓が、不貞腐《ふてくさ》れながら立ち上がる。手に本を持ったままなのは流石というべきか。

蔵書宮の中は暗い。卓の下はさらに暗い。
あの時、
敏をひらりと躱《かわ》した明渓に俺は自分の着ていた外套を投げつけ、卓の下を指差した。
明渓は、意味が分からないものの、とりあえず外套を頭から被り卓の下に潜り込んだ。

白は闇に浮かび上がるから、白衣を着た俺が卓の前に立てば目はそこに引きつけられ、卓の下の黒い塊に気付きにくくなる。察しの良い明渓は、事態が呑み込めないものの、隠れるのが得策と卓の下で小さくなってくれていた。

明渓の首には麻紐《あさひも》がかけられ、その先には鈍く光る銀色の――俺が手に握っているのと同じ型をした――鍵がついている。貴妃の病の原因を見つけた褒美に、帝が新たに作らせ贈った蔵書宮の鍵だ。

皇居の侍女服で蔵書宮に行くのを憚《はばか》る明渓に、それなら閉まってから好きな時に行けば良いと言って渡したと聞いている。

「で、白蓮様は何をされているのですか？」

「……話せば長くなる」

やれやれ、と俺は椅子に座り直し、明渓にも前の席を勧めた。

「ということなんだ」

説明を終えた俺は戸惑いながら身をよじる。理由は一つ、隣にぴたりと明渓がくっついているから。

蔵書宮は冷え切っていて、明渓は肩掛けと綿入れ一枚だけで寒そうだった。だから外套を貸してやると言ったのだが、それでは俺が風邪をひくと受け取らず結果一枚の外套を二人で肩に掛けて使うことに。昨年もこんなことがあったが、どうして明渓はこうも良い匂いがするのだろう。甘い果実のようで実に離れがたく落ち着かない。

俺の説明を聞いた明渓は、深い深いため息を吐くと、うんざりとばかりに眉間に皺《しわ》を寄せる。

「あれは全て呪いではありません」

「知っている」

「私は幽霊ではありません」

「分かっている」

「謎を解いても、噂がやまないのは何故でしょうか」

とうとう卓に突っ伏してしまった。提灯の灯りに黒髪が照らされしっとりと輝き、思わず手が伸びそうになって慌ててひっこめる。明渓はその姿勢のまま、目だけ俺に向けて心底嫌そうな顔をした。同情すべきところだが、その上目遣いが可愛すぎる、これは反則だろう。

「皆、暇なんじゃないか。後宮は閉ざされ刺激が少ない」

「ならば勝手に騒いでいれば良いではありませんか。私はもう謎を解きません」

この一ヶ月余り、『暁華皇后の呪詛』に一番振り回されているのは間違いなく明渓だろう。

加えて、数日前には遺言状探しにも駆り出されている。不貞腐れたその表情は幼な子のようで可愛く、一度はひっこめたはずの手が知らず頭を撫でていた。

どうせ手は振り払われるだろうと思っていたが、意外や明渓はされるがままになっている。むしろ撫でられるのを心地良さそうにしているようにさえ見える。これは夢か？

「どうした、大人しいな」

「もうその手を振り払う気力もありません」

どうやら、増殖する『暁華皇后の呪詛』の噂に疲れ、気力を削がれたようだ。さらさらとした髪が指の間から零《こぼ》れる。ひと束掴み、指に絡めると髪以外にも触れたくなってきた。これはいけない、何か話さなくては。

「そう言えば、さっき敏を蹴ろうとしなかったか？」

明らかに明渓の足は上がり蹴る体勢に入っていた。だから敏に向かって危ないと叫んだんだ。あの蹴りを武術に心得のない医官がまともにくらったら気を失う。そうなればさらにどんな噂が飛び交うか。厄介にもほどがある。

「暗闇で男が飛び掛かってきたのです。普通のことかと」

普通とは、恐れで声が出ないとか、逃げるのが精一杯のことをいうのではないだろうか。なぜ果敢に挑もうとした。

だが、不貞腐れ少しだらけている今宵の明渓はいつも以上に可愛い。なんだか守りたくなるが、これが庇護欲というものか？　多分、いや絶対、本人は必要としないだろうが。

額を卓につけうつ伏せになったのをいいことに、絡めていた髪にそっと口をつけた。あの時は酒に酔ってはいたが、何をしたかぐらいうっすらと覚えている。正直、東宮が出てきてくれてよかった。あのままではちょっと自制が利かなかった。おかげで金輪際飲むなと言われてしまったが。

せっかく明渓を近くに留《とど》めておくことができたのに、なかなか距離が縮まらないのはどうしてだ。しかも、空燕《コンイエン》様まで絡んでくるし。明渓ともっと一緒にいられる方法は何かないものだろうか。

「そうだ、来月は春節だ。市井では露店が出て、その時にしか手に入らない珍しい物もあるそうだ。気晴らしに一緒に行かないか？」

明渓が勢いよく顔をあげた。目がキラキラしている。よし、食いついてきた。

「白蓮様は市井に詳しいのですか？　よく行かれるのですか？」

「そうだな。一応、医官だから薬を買いに行くことも、細々とした物の買い出しを頼まれることもある。徒歩で行ける範囲なら充分案内してやれるぞ。東宮には話を通してやるから心配するな」

「ありがとうございます！」

元気が出たのか、いつもの顔に戻っていた。これはこれで可愛いが、もう髪には触れられないな。殴られる。

気晴らしをさせてやりたいと思ったのは嘘ではない。

でも、下心が無い、はずが無い。

俺は卓の下でグッと拳を握りしめた。

7　商隊

朱閣宮に色鮮やかな衣装が運び込まれてきた。

衣装だけではない、簪《かんざし》や首輪、指輪、公主達のおもちゃや絵本もある。

後宮にいる者は外に出られず、娯楽が少ない。

そのため年に数回、近隣の商人や異国の商隊を呼んでいる。妃嬪や侍女の中にはこれを楽しみにしている者も多くいる。

明渓も後宮にいた頃、中央の池を取り囲むように並ぶ色鮮やかな品々を遠目に見たことがあった。余りの人の多さに近づく気にはなれなかったけれど。

高位の妃の宮には直接商隊が訪れるのが通例で、それには朱閣宮も含まれる。

暁華皇后が亡き今、皇太子妃の元には例年より多くの品々が運び込まれた。

部屋の隅には侍女向けの衣装まで用意されており、紅花《ホンファ》達が横目でチラチラと気にしている。勿論、侍女が品を選べるのは主人の買い物が終わってからだ。

女性の買い物は時間がかかる。香麗《シャンリー》妃の場合、三人の子供に加え腹の中にいる子の分まで選ぶからさらに時間が必要。

初めは物珍しさにはしゃいでいた公主達も、目当てのおもちゃを買ってもらうと品選びにすっかり飽きたようで、衣装の裾で隠れんぼうをしだした。

「陽紗《ヨウシャー》様、雨林《ウーリン》様、外で遊びましょうか」

見かねた明渓が声を掛けると、二人は買ってもらったばかりの異国の人形を抱いて走り寄ってくる。

外に出た二人は早速、庭木の花や草を集め彼女達なりの料理を作り始めた。人形は赤ちゃんのようであやしたり、口に草を持っていき食べさせる真似《まね》をしている。

明渓が少し離れた場所から二人を見守っていると、真後ろに人の気配を感じた。

その異変に気づいた瞬間、背後から二つの腕が明渓を捕まえようと伸びてくる。

もう、それは条件反射だった。左足を軸に半回転すると上げた右足の膝で、後に立つ男の鳩尾《みぞおち》を蹴り上げる。

グブッと言う呻《うめ》き声と共に巨体が身を折った。その隙を狙い肘《ひじ》で喉元を突……こうとするも、もう一人の男に手首を掴まれ阻まれる。

「だからやめとけと言っただろう」

明渓は頭一つ分以上、上にある声の主を見上げる。柳の眉に切れ長の目、すっと通った鼻梁《びりよう》、皆が見惚《みと》れる美丈夫の呆れた顔がそこにあった。

「青周様……」

この距離にいるだけで頬を赤らめる女性も多いのに、明渓の顔色は何一つ変わらない。それでも、目をパチクリとさせているのだから、反応はあった方だろう。

明渓はそのままおずおずと視線を前に蹲《うずくま》る男に移すと、さっと顔色を変えた。青色に。

「だ、大丈夫ですか？　空燕《コンイエン》様」

まずい、やらかした、と焦っていると、空燕が屈めていた身をゆっくりと起こす。背は青周と変わらないが、腕も肩も胸もしっかりと筋肉がついているのでひと回り大きく見える。

「いやぁ、メイの蹴りは効くなぁ」

腹を押さえながら笑顔を向けてきた。

蹴った時の感覚からさほど効いていないと思っていたけれど、なかなか鍛えられた体躯をしている。

「あの、何をしようとしたのですか？」

「メイを拉致《らち》ろうとした」

「……異国のことは知りませんが、この国でそれは犯罪です」

「安心しろ、異国でも犯罪だ」

次の瞬間、体がふわりと浮かぶと空燕の脇に抱えられた。そしてそのまま荷物でも運ぶかのように走り出す。

「ちょ、ちょっと！　何するんですか？　下ろし……」

「喋《しゃべ》ると舌を噛《か》むぞ」

その言葉と同時に身体が宙に放り投げられる。

落ちる‼

そう覚悟するも、いつまでたっても身体に痛みがこない。変わりにふわりと優しく抱き留められ、上品な香《こう》の匂いがした。

顔を上げると、間近にある黒曜石のような瞳と目が合う。先程とは比べ物にならない近さである上に、抱きかかえられているではないか。

明渓は急いで離れ立ちあがろうとするも、後ろから大きな手で肩を押さえ込まれた。

「頭をぶつけるぞ。馬車はもう走っているし、東宮にも許可はとっている。安心して拉致られておけ」

そう言うと、空燕は日に焼けた肌から白い歯を覗かせ豪快に笑った。見れば、今いるのは皇族が乗る馬車の中。

どうやら空燕によって放り投げられ、馬車の中にいた青周に受け止められたようだ。

(青周様はいつの間に馬車に乗り込まれたのかしら。空燕様と話している隙にとしか考えられないけれど、息がぴったりね)

その点だけは感心する。二人は小さい時から遊んでいたと聞いていたが、随分と仲が良いようだ。しかしやっていることは酷《ひど》い。

「世の中に、安心して拉致られることがあるなんて初めて知りました」

「何ごとも経験だな」

唇の端に意地悪な笑みを覗かせる美丈夫も、共犯であることに間違いない。

馬車を降りても、当然のことながら明渓の機嫌は悪いまま。

「強引に連れて行くと聞いてはいたが、これ程とは思わなかったのだ。いい加減機嫌を直せ」

流石《さすが》にやりすぎたと青周が弁解を始めるも。

「今更何言ってるんだ、相棒」

「だから、俺を巻き込むなっ」

空燕に反省の様子はない。そんな二人のやり取りを無視し、明渓は見慣れぬ建物の中に入る。連れて来られたのは、空燕が住む虎吼宮《ふうほうぐう》だ。

宮に入ったとたん、明渓の顔に笑みが浮かび、両手を胸の前で組み目を輝かせた。

「空燕様、これはもしかして象の牙ではないですか⁉」

入り口付近に無造作に置かれたそれを指差す。

「象牙の品は見たことがありますが、牙とはこんなに大きな物でしたかぁ！　触っても宜しいですか？」

「あぁ、好きにしろ！」

「あっ、あの壁に飾っている鹿に似た角がある生き物はもしかして……」

「トナカイの剥製だ。頭だけだがな」

「あっ、あれは……」

…………

「メイ、悪いが見せたいのはこれじゃないんだ」

どれぐらい入り口《そこ》に居ただろうか。苦笑いを浮かべた空燕は明渓を奥へと促した。

空燕が扉を開けた部屋に入ると、そこにはずらりと服や簪が並べられている。

とは言っても、朱閣宮に運ばれてきたような豪奢《ごうしゃ》な物ではない。侍女の普段着やちょっとした他所《よそ》行きに丁度よい程度の品だ。

「香麗妃から聞いたが、侍女服しか持っていないのだろう？」

青周が明渓の背を押し、衣装の前に立たせる。

そう、明渓は普段着を持っていなかった。

もともとは妃嬪として入内している。その際には、衣裳や簪もそれなりに持ってきたけれど、侍女となった今は分不相応で着けることが憚《はばか》られた。そして、侍女になってからは仕事着が数枚与えられただけ。普段着を買いに行こうにも、街に出かける服がないという困った状況だった。

明渓が今まで外出しなかったのは、本を読んでいたこともあるけれど、そんな事情もあってのこと。

紅花《ホンファ》の実家に行く際には、事情を説明し紅花の服を借りたのだが、それが香麗妃の耳に入りこの状況に至っている。

「好きな物を選べ。他の侍女の目もないから遠慮や気兼ねは無用だ」

明渓は目をパチクリしながら、得意気に微笑む青周を見た。

「そうだな、とりあえず必要な数を既製品で見繕い、それ以外は反物を選べばよい。

後日作らせ朱閣宮まで届けよう」

青周はそう言うと、目の前にある服をどんどん手に取り始める。

「あ、あの、青周様。お心遣いはありがたいのですが、お給金を頂いていますので自分で購入出来る範囲で選ばせて頂きます」

朱閣宮の主人達からならいざ知らず、他宮の皇族に買って貰う理由はない。もとより身なりを飾る性格でもないので、数枚あれば事足りてしまう。

「メイ、こんな時は気にせず買って貰えば良いのだ」

「しかし、買って頂く理由がありません！」

「男が女に服を贈る理由なんて昔から一つだろう。脱がせる……」

ガツッ
良い音がした。

空燕が頭を押さえている。

「話がややこしくなるから、お前はどこかに行っていろ。あぁ、淑《しゅく》妃の元にも商隊がいるだろうから、たまには親孝行してこい」

「痛いなぁ、ここは俺の宮だぞ」

そう言いながらも、あっさりと空燕《コンイエン》は部屋を出て行った。青周は明渓に視線を戻す。

「理由が必要か？」

「はい、必要です」

即答された青周は、口をへの字にして宙を睨む。

「ならば俺の正妃にするか。夫が妻に服を贈るのに理由はいらな……」

「御冗談を‼」

語尾が重なった。

二人の視線がぶつかる。

気のせいだろうか、小さく火花が散ったような。

「本気だと言ったら？」

青周は身を屈め明渓の顔を覗き込む。すばやく腰に回された手のせいで離れることもできず、肩を手で押してもびくりともしない。ぐっと近づく切れ長の瞳に宿る真剣な光に、明渓は不覚にも言葉を失ってしまった。

それが不味《まず》かった。

その一瞬の隙をつかれ、商人の群れに放り込まれ、いつの間にか採寸まで始まり出す。

「あっちに行ってください！」

「気にするな」

「気にします‼」

結局、明渓は衣を二枚と反物を一枚選んだ。その枚数に不満を感じた青周が、追加でいくつかの品を商人に渡していたが、明渓は気づかないふりでやり過ごすことに。

商人達が帰ったあと、虎吼宮《ふうほうぐう》の侍女が珍しいお茶を淹《い》れてくれた。珈琲《コーヒー》という名で南国で採れる豆を煎《い》ったり挽《ひ》いたりして作るらしい。

明渓はすぐに帰るつもりだったけれど、ついついその独特の匂いにつられ椅子に腰を下ろしてしまう。

一口飲むと独特の香りが鼻孔を抜け、舌に苦みと酸味が残る。少し苦みが強いと言うと青周が砂糖を入れてくれた。

「青周様は空燕様と一緒だと、なんだか楽しそうですね」

「そう見えるのか？」

眉を顰め、心外だと渋面を作ってはいるが、やはり楽しそうに見える。伸び伸びしていると言った方がよいだろうか。

「いつもは完璧過ぎて近寄り難い雰囲気があるのですが、空燕様といる時は年相応の青年に見えます」

むしろ幼く見える瞬間もある。少々悪乗りが過ぎるのだ。

「意外だな。近寄り難いと思われていたのか」

「宮中一の美丈夫でありながら屈指の剣の使い手となれば当然かと」

「……お前もそう思うのか？」

珈琲を飲む明渓の手が止まる。目の前の貴人の寂しげな目に気づいてしまったからだ。

第二皇子として、軍の副将として期待され、その見た目ゆえ妙な注目も集めてしまう。でも、中身はまだ二十歳の若者だ。

（この人は皆が思うよりずっと繊細な人だ）

明渓はそう思う。それゆえに自分の役割や皆が期待するあるべき姿を必要以上に感じとって、それに近づこうとしてしまう。それでいて自分の存在が宮中の輪を乱さぬよう、脅威とならぬように気遣ってもいる。

母親を亡くした夜、誰もいない薔薇《ばら》園に行かなければ、本音を漏らせないぐらいに窮屈な場所に身を置いているのだ。

「俺の周りに人が集まらないのは、近寄り難いのではなく、つまらない男だからだ」

誰に言うとでもなく、呟《つぶや》くように言葉が転がり落ちた。

明渓がどういう意味かと小首を傾げるのを見て、ぼそぼそと言葉をつなげる。

「東宮も空燕も何もないところから物を作ることが出来る。誰もが思いつかなかった政策や、名前すら知られていない国との貿易で国に利益をもたらしている。でも、俺は違う。決められた枠組みの中で杓子定規《しゃくしじょうぎ》な考え方しかできない。自分でも器の小ささに辟易するときがある」

宮中で憧憬《しょうけい》の眼差しを一身に浴び、一目置かれている男の本音だった。

今まで誰にも話したことがない胸の内が、明渓が相手だとなぜか言葉にできてしまう。

「……私は侍女として働いて間もないですが、ご兄弟が皆仲が良いことに驚いているのです。皇子が四人もいれば、後継者争いが起こっても不思議ではありません。その均衡を保っていられるのは青周様のご尽力だと思います。役目を果たし、東宮の片腕として働きながら、ご自身の立ち位置を分かっていらっしゃる。今までに担ぎ上げようとした人もいるでしょうが、それに利用されない賢さもお持ちです。杓子定規の何がいけないのでしょうか。規律《モラル》を分かっていらっしゃるからこその采配です。それは充分魅力的な長所ではありませんか」

明渓は一気に話し終えると息を整えた。もともと言葉数が多い方ではない。言ってしまってから自分でも驚いて、気持ちを落ち着かせるように珈琲を飲み込んだ。

青周も予想外の反応に目を丸くし、連られたように珈琲を手に持つ。

沈黙が暫く二人の間を流れた。

「……やっぱり、今すぐにでも嫁いでこないか?」

なぜそうなるかと、明渓の眉間に皺が入る。

「私より相応しい方が世の中には沢山いらっしゃいます。強さが必要なら私がその方に剣技を伝授いたしましょう」

「こんな話を出来る人間がそうそういるものか」

連れない返事は予想の範疇《はんちゅう》だ。

強引に手に入れることは簡単、でもそれはしたくない。

目の前の無理難題をどうやって攻略するか。それこそ杓子定規の考えでは無理だろう。

青周は、珍しい飲み物に舌鼓《したつづみ》を打つ侍女を飽きることなく眺めていた。

8　再会と啜り泣き

白蓮は医具が入った風呂敷を片手に桜奏宮《おうそうぐう》に向かっている。

普段だったら朱閣宮に往診に行く時間だけれど、出掛《でが》けに侍女が訪ねて来て「同僚が足を痛めたので見て欲しい」と頼んできた。ちょうど他の医官が出払っていて、医局には韋弦《イゲン》と白蓮しかいなかったので、白連が向かうことになった。

「申し訳ありません。医官様に来ていただくなんて」

「足を怪我《けが》して動けないのだから当然だ。ところで怪我をしたのは昨晩と聞いたが」

呼びに来た侍女が、歩きながら詳しく説明する。

「はい、彼女が言うには、寝る前に以前親しくしていた人から頂いた簪がないことに気づいたそうです。朝になってから探しに行こうかとも思ったようですが、どうにも気になり夜にこっそり裏庭に出たようで……」

そこまで話すと、侍女は急に口ごもった。

「どうしたのだ？」

怪訝《けげん》な顔で問い返す白蓮に、侍女は慌てて首を振る。

「いえ、それで……探している最中に少し驚いたようで、転んで足を捻挫してしまいました。一晩冷やしていたのですが、朝になっても腫《は》れが治まらず、こうして来ていただくことになった次第です」

会話に少々ひっかかるものを感じながらも、白蓮は案内されるまま桜奏宮の奥にある侍女の部屋へと向かった。

そこで待っていたのは、予想だにしなかった意外な再会だった。


その夜、白蓮はこっそり部屋を抜け出し朱閣宮へ向かった。途中、蔵書宮を通るとき窓を覗いて灯りがないか確認するのも忘れてはいない。

朱閤宮の門を叩くと明渓が出迎えてくれた。

この宮の人間は比較的眠るのが速い。幼い公主がいるせいだろうか、それとも仲の良い主人達に気を遣ってのことだろうか、侍女も早くに自室に戻る。

「白蓮様、こんな時間に珍しいですね。東宮は先程寝室に向かわれましたが、いかがいたしましょうか？」

「東宮に用事があるわけではない。明渓がまだ起きていて良かった。少し聞いて欲しい話があるんだ」

白蓮が最後まで言い終わらないうちに、剣呑《けんのん》な雰囲気が二人の間に流れた。

発しているのはもちろん明渓。全身の毛を逆立て白蓮を威嚇《いかく》している。

とはいえ、玄関口で皇族を帰すわけには行かないと諦めたようで、渋々宮内に案内した。

白蓮が部屋に入ると、奥の長椅子に座る男と目が合う。二人同時にこめかみがピクリと動く。しかし、椅子に座る美丈夫はすぐにいつもの表情に戻ると、弟に話しかけた。

「珍しいな、ここで会うとは」

「はい、いらしていたのですね」

見れば卓には、琥珀《こはく》色の液体が入った瓶と玻璃《ガラス》製の杯が三つ並んでいる。そのうちの一つは空だった。

「東宮と明渓の三人で飲んでいたのですか?」

「そうだ。空燕《コンイエン》の所からくすねてきた酒で一杯やっていた。お前も飲むか?」

「……だったら東宮が寝室に入ったら、さっさと自分の宮に戻れば良いのに」

小さな声でぼやいてから、笑みをはり付け首を振る。

「いえ、私は酒はやめておきます」

白蓮の返事を聞くより早く、明渓はお茶を用意し持って来た。二度と酒を飲ますつもりはない。

そのお茶を青周の隣の席に置く。青周の前の席にも琥珀色の液体が入った杯が置いてあり、そこは明渓が先程まで座っていた場所だった。

白蓮はお茶を持つと明渓の隣に移る。

明渓はそれを呆れたように見ながら、もといた場所に腰を下ろした。

「それで、私に話とは何でしょうか」

通常、侍女から先に口を開くことはないが、明渓の中でこの二人は例外だ。

「新しい『暁華《シャオカ》皇后の呪詛』の話が出た。しかもどうやらこれが一番初めに起きた呪詛のようだ」

明渓は、ちらりと青周を見る。母親の新しい呪詛の話にどのような反応をするかと気になったが、平然と杯を傾けていた。

その様子を見てほっとしつつ、白蓮にピシャリと言い放つ。

「そうですか、でも別に良いのではありませんか、どんな噂が立っても。私には関係のないことです」

明渓にしてみれば、頑張って呪詛の謎を解いても噂は無くならない。しかも、割れた白水晶や蔵書宮の幽霊も全て『暁華皇后の呪詛』としてすでに後宮内に話が広まってしまっている。

だから、自分にはもう関係のないと話だと、飲み掛けの酒に口をつけた。

「……俺に『呪詛』の話をしたのが、珠蘭《シュラン》だったとしてもか？」

その名を聞いた明渓の手が止まる。

後宮にいたころ親しくしていた幼い侍女の名。別れる前に魅音《ミオン》に頼んで簪を贈ったことを思い出す。

「どうして珠蘭が後宮に？　彼女は主と一緒に後宮を離れたはずじゃなかったの？」

「一度は離れて実家に帰ったらしい。でも以前の主人の友人が入内することになり、後宮で働いた経験のある侍女を探していたそうだ。珠蘭も次に働く場所を探していたので渡りに船とばかりに話を受け、後宮に戻ってきたらしい。なぁ、会いたくないか？」

会いたくないかと聞かれれば、会いたいに決まっている。

明渓の反応を見て白蓮はほくそ笑む。しかし、予想外の反応が思わぬところからも出てきた。

「なんだか面白そうだな。その呪詛の謎解き、俺も加わろう」

向かいの美丈夫が、形の良い唇の端を上げ笑っている。

「いや、そんな。青周様が気にされるような話ではございません」

白蓮は慌てて顔の前で手を振るが、

「俺だけ謎解きの現場に立ち会えていない。どのようにして明渓が解くか興味がある。それに俺の母親の呪詛だ、充分に関係はある」

そう言われると、言い返す言葉が出てこない。白蓮は口をへの字に曲げながら分かりましたと頷いた。


次の日の夜、白蓮と珠蘭《シュラン》は桜奏宮《おうそうぐう》から少し離れた場所にある涸《か》れた井戸の傍《そば》にいた。雪が少し舞い始めた寒い夜だった。

暫くすると北の方からこちらに向かう人影が二つ。明渓と青周だ。珠蘭は、先に聞いてはいたものの間近で見る皇族に全身がこわばっている。

「珠蘭！」

名を呼び明渓が駆け寄ってきた。

いつもの侍女服の上に見たこともない黒い外套を着ている。風にひらりと舞う外套の内側は深い赤色で、どちらの色を表にしても着ることができる中々洒落《しゃれ》た品だ。

久々の明渓との再会に喜ぶ朱蘭が落ち着くのを待って、白蓮はこの辺りで起きた『暁華皇后の呪詛』について語り始めた。

話は今から二ヶ月以上も前に遡《さかのぼ》る。

丁度その頃、四人の新しい嬪《ひん》が入内した。全員下級嬪だったので、後宮の東にある宮がそれぞれに与えられた。

初めにそれを見たのは、四人の中で一番北側の宮に仕えている侍女だった。

虫の声が心地良いので窓を開けていると、闇夜に浮かぶ人影が目に入った。それは宮の前を通り過ぎそのまま南の方へと向かって行く。侍女は背中にぞくりとするものを感じ慌てて窓を閉め、布団を頭から被《かぶ》り眠りについた。その日以降は日が沈むとすぐに窓掛《カーテン》けを閉めるようになったので、人影を見たのは一度きりだそうだ。

次に怪異に遭ったのは、四人の中で一番西側の宮に仕えている侍女だった。

北の方から歩いて来た人影が南に向かうのを見たらしい。しかし、その侍女はなかなか肝が据わっていたようで、幽霊とは思わずどこかの妃嬪か侍女が密会を重ねているのではないかと考えた。

生き馬の目を抜く後宮で、彼女はその正体を暴こうと考えた。夜になると急に冷え込む季節になっていたけれど、侍女は宮の前に隠れその人影が通りすぎるのを待つことに。

果たしてその幽霊は現れ、いつものように南へと向かって行く。侍女は足音を立てぬよう後を付けていった。

しかし、何もない空き地の辺りでその人影は忽然《こつぜん》と消えてしまった。

次に怪異に遭ったのは、四人の中で一番南側の宮に仕えている侍女だった。

強く冷たい風が吹き抜け本格的な冬が始まった頃、女のすすり泣くような声がどこからとなく聞こえるようになった。数日に一回程度なので始めは空耳かと思っていたけれど、確かにその声はすすり泣きに聞こえる。

声は夜通し聞こえる訳ではないので、布団の中で耳を塞《ふさ》ぎやり過ごしているらしい。

そして最後に昨晩、四人の中で一番東側にある桜奏宮の侍女が、何やらささやく女の声を聞いたという。侍女は大事な簪《かんざし》を落としたことに気づき、宮の周りを探していたところ偶然その声を耳にした。そしてびっくりして慌てて走り去ろうとし足を捻挫《ねんざ》したのだ。

その侍女こそが珠蘭だった。

「はい、医官様、質問があります」

小さく片手を上げたのは明渓。

決してやる気になっているわけではない。むしろ、もうどうにでもなれと自暴自棄《やけ》になっているだけだ。

「今、後宮では『暁華皇后の呪詛』が話題になっていますが、二ヶ月も前から始まっているこの怪異が噂にならなかったのはどうしてですか？」

「それはこれらの怪異を見たのが、最近入内した嬪の侍女達だからだ。彼女達はまだ後宮に来て日も浅く、噂話をするほど他宮の侍女と親しくない。中には同僚や主人にさえ話していない侍女もいたぐらいだ」

では白蓮がどうやってこれだけの話を聞き集めたかと言えば。

医官は数日おきに各宮を往診に行く。特に何もない場合は、入り口で言葉を交わし帰ることも多いがそれも仕事の一つではある。白蓮は今朝この辺りの宮の往診を買って出て、侍女や嬪から話を聞き出したのだ。

「侍女達の話を纏《まと》めますと、幽霊は北から南に向かったのですね。そして声が聞こえた場所は南側と東側の二か所。……そうですね、とりあえず白い影が消えたという場所に行きませんか？」

不承不承ながら明渓が提案し、異存のない三人と一緒にそちらへと向かうことに。

その場所は確かに空き地だった。

綺麗に整備されている後宮では珍しく、ぽっかりと何もない空間が広がっており、その向こうに古びた小さな建物が見える。

「ここが消えた場所か……これは『暁華《シャオカ》皇后の呪詛』に相応しい場所かもな」

ふっ、と呟く青周を皆が一斉に振り返った。

「青周様、それはどういうことですか？」

白蓮が問いかける。

他の二人も意味が分からないといった風に首を傾げた。それを見て青周が意外そうな顔をする。

「お前たちあの建物が何だったのか知らないのか？」

こくこくと首を縦に振る三人。青周は呆れた顔で白蓮を見下ろす。

「よもやお前まで知らないとは……、まぁ、よい。順を追って話してやろう。そもそも後宮ができたときここは洗濯場だったのだ。しかし何十年か前に井戸の水が時おり涸《か》れるようになった。丁度同じ頃、後宮を西の方に広げるという話が出たので、それならばと、ついでに西側に何か所か穴を掘ると水が湧いてきて、使えそうな井戸がいくつかできた。それで拡張工事とともに洗濯場も移転したのだ。いくら井戸が涸れたといっても、ほかの場所に比べれば湿気が溜まりやすいこの場所には、下級嬪の宮といい、あれが造られることになった」

そう言って、空き地の向こう側に建つ小さな建物を指差した。その指の先を目で追いながら、明渓が問いかける。

「あれは何でしょうか？」

白い息がはっきりと見てとれた。寒いのか、手を擦り合わせているその様子を見て、青周は手袋も贈ればよかったと少し後悔する。

「あれは、罪を犯した者が一時的に入れられていた牢舎《ろうしゃ》だ。もう古くなってしまったので、今は使われていないし、扉は鎖で固く閉ざしている」

その代わり今は皇居にある塔が使われている。

明渓も居たことがあるあの塔がそうだ。

「母によって真偽が分からぬ罪を被せられた者も多くあの牢舎に入っただろう。それだけじゃない、母自身も入ったことがある。噂には打って付けの場所だろう？」

自嘲気味に言うその口調からは、感情が読み取れない。ただ提灯の灯りに照らされる横顔は、草臥《くたび》れているようにも無関心のようにも見えた。

そのまま半刻《一時間》程、空き地や牢舎の周りを歩いてみたが、不審な人影も音も聞こえない。その内、散らついていた雪が本降りとなってきたので、四人はそれぞれの宮に戻って行った。


次の日起きると、雪は薄っすらと積もっていた。

午前中、公主達の庭遊びに付き合った明渓は、香麗《シャンリー》妃の許可を得て皇居を出ると軍《ぐん》機処《きしょ》へと向かう。昨夜、朱閣宮まで送ってくれた青周に、昔の後宮の地図を見せて貰えるよう頼んでいたのだ。

門番に名を告げると、青周のいる部屋へと案内してくれた。二度と来ることはない場所だと思い、明渓はあちこちに視線を走らせる。軍の中枢だからだろうか装飾は少なく、すれ違うのは厳《いか》つい武官ばかりで、向こうも物珍しいのかチラチラと明渓を横目で見てきた。

扉を開け入った部屋は充分に暖められている。

奥の卓に座る青周が、端にある長椅子に座るよう指差した。

「少し待ってくれ」

そう言うと、手元の紙に視線を落とす。卓の上は紙や書物が山積みとなっており、多忙な様子が窺《うかが》えた。青周は筆を取ると書類に何やら書き、隣で待っていた補佐の男に渡すと他に用事をいくつか伝える。

男は何故か首を傾げると、時間が掛かりますが宜しいですか？と聞き、青周はゆっくり行ってこい、と答えていた。

男が出て行くと、引き出しから古びた紙を出し明渓の隣に腰を下ろす。

「あの、お忙しいようですし、私のことは気になさらずお仕事を続けてください」

「気にするな。午前中に粗方《あらかた》やり終えている」

ゆったりと足を組むと、長椅子の前の卓にそれを広げた。昔の後宮の見取り図でかなり大きい。

「桜奏宮の辺りは井戸が多かったのですね。住んでいたのに気付きませんでした」

昨晩見たところ、あの辺りだけでも四個の涸《か》れ井戸があった。昔は各宮に一つあったようで、そのうちのいくつかは宮の敷地内にあり遠目で見ただけだ。今は、桜奏宮の近くにある井戸を共有で使っている。もっとも、妃嬪であった明渓が井戸で水を汲むことはなかったが。

ただ、かつて住んでいた立場から言えば、暗闇で人影を見たことも啜《すす》り泣く声を聞いたこともなく、侍女達からもそんな話を聞いたこともない。

「昨晩見た井戸は、上から石で塞がれていましたが、全ての涸《か》れ井戸がそうなのでしょうか？」

「あぁ、そうだ。とは言っても万が一にも誰かが落ちるのを防ぐためで小さな隙間ぐらいは空いているだろうが」

安全措置を施した上で放置しているらしい。

地図を見ていた明渓の目がふと留まり、あれ、と書かれた文字を指差す。

「地図には井戸を表す「井」の文字が五つありますが、涸れ井戸は四つしかありませんでした。一つは埋められたのでしょうか？」

「うん？　そんな話は聞いたことがないな？」

青周も地図を覗き込む。宮や大通りの位置は比較的正確に書かれていたが、井戸についてはあの空き地付近に「井」の文字がまとめて五つ書かれているだけ。

「今使われている井戸も含まれるのでしょうか？」

「いや、あれが作られたのはこの地図の作成よりあとだ。細かい場所までは記述の必要がないと思ったので簡略したのだろう。そうなると個数も正確か怪しい」

明渓は何か引っかかりを感じながらも、小さく頷く。そして少し迷いながらおずおずと問いかけた。

「昨晩、暁華《シャオカ》皇后もそちらに入ったことがあると仰《おつしや》っていましたが」

「あぁ、そのことか。幼くてあまり覚えていないが、白蓮が生まれる前だったから、四、五歳の頃だと思う。一週間ほどあの中にいたことがあったらしい」

腕を組み平然と答えるその様子から、もう少し詳しく聞いてもよいものかと思案していると、黒曜石の瞳に覗き込まれた。

「詳しく聞きたそうだな」

「いえ、決してそういう訳では……」

口ごもる明渓に青周は微《かす》かな笑みを浮かべる。

「気にするな。昔から母についてとやかく言われるのには慣れている」

そう言うと当時のことを話しだした。

皇后がまだ徳妃として後宮にいた頃、階段から落ちて流産した中級妃がいた。

その妃はもとは賢妃の侍女で、帝に気に入られ中級妃となったばかりだった。よっぽど相性が良かったのか、侍女の頃からお手付きだったのか分からないが、妃になってすぐに腹に子を宿した。

当時帝に子は三人。東宮時代からの妻との間に峰風《ファンホオン》、徳妃と淑妃の間に青周と空翼《コンイエン》がいた。

流産の話が後宮に広まってからまもなく、暁華皇后がその妃を階段から突き飛ばすのを見たと密告があった。しかし証拠がなかったので、事実がはっきりするか、もしくは自白をするまで暁華皇后は牢舎で過ごすことになったらしい。

「当然母は無実を訴え、誰かに謀《はか》られたと言い続けた。疑心暗鬼になった母は出された食事に毒が含まれていると言って二週間何も口にせず、疑いが晴れて出て来た時にはげっそりと痩せていた」

青周は話し終えると明渓を見る。明渓はその視線に気づくことなく、細い指先で顎を叩きながら、じっと地図を睨んでいた。

だから青周はそれ以上何も言わず、肘掛けに身体を預けるようにし、その様子を静かに眺めることにした。


「あの、青周様。後宮で昼間の内に調べたいことがあります。私では目立つので、白蓮様に頼もうと思うのですが、文を届けるにはどうしたらよいでしょうか？　それから、返信の内容によっては青周様にお願いしたいことがございます」

青周は先程まで使っていた卓を指差す。

「紙も筆もある。座って好きに使えばよい。書き終わったら使いを出してやろう」

「……あの、そちらの席に私が座っても宜しいのでしょうか」

「構わん。補佐の者には夕刻までかかるような仕事を言い付けたので、暫く誰も来ない。気兼ねなく使え」

明渓は、怪訝《けげん》な顔をしながら出て行った男を思い出す。言いつけた仕事が如何様《いかよう》なものだったかについては、触れないことにした。

座って良いのなら、と軍の副将の椅子に座り筆を取ると青周が用意してくれた紙にさらさらと文を書いていく。

「なかなか綺麗《きれい》な字だな。茶や花もできるのか？」

「茶道と生花は作法を知っている程度です」

青周は背後から文の内容に目を通すと、描き終わった明渓の手から筆を受け取り

《以上の内容を夕刻までに調べ、軍機処まで報告しろ》

一文を付け足した。

そして真上から椅子に座ったままの明渓を見下ろすと、両手を卓の上に置き上質の笑顔で聞いてくる。

「さて、返信が来るまで何をするか。囲碁と将棋どちらが得意だ？」

明渓にしてみれば、真後ろに立たれ背後から伸ばされた両腕の間にすっぽり収まっている状態。逃げようにも逃げられない。おまけに暫く人は来ない。

「……夕刻にまた来ます。お仕事を続けてください」

背後から感じる温もりと香の匂いが落ち着かない。おまけに、青周が顎を明渓の頭の上に乗せてくるものだから、重い上に身動きが取れない。これでは後ろから抱きし

められているようではないか。しかも、椅子の背もたれが邪魔をして突き飛ばすこともできない。

「仕事は終わったと言っただろう？　それとも、また公主達と雪遊びに興じるのか？」

甘い声が直接頭に響く。衣擦《きぬず》れの音とともにさらに距離が縮まり腕の力が強くなるものだから、これには明渓も動揺する。なにせ初めての経験、おまけに殴ることもできない。それなのに、今度は耳朶《じだ》に吐息がかかるものだから、たまらず声を上げた。

「将棋でお願いします」

分かった、と明るい声が耳元で響き、やっと腕が解かれる。

苦虫を噛《か》み潰したような顔で睨みつけると、クツクツと笑う美丈夫がそこにいた。

「揶揄《からか》わないでください」

「思った以上に初心《うぶ》な反応だった」

「～～！　将棋は何を賭けますか？　これでも地元では負け知らずです」

「そうか、俺も将を得るのは得意でな」

その後、将棋の勝敗の数が均衡したところで白蓮から返信が届いた。

そしてその夜、明渓の頼みで手配された刑部の武官により、牢舎で密会を重ねていた宦官《かんがん》と侍女が捕まった。

「なんで俺だけ蚊帳《かや》の外なんだ」

ぞんざいな態度で白蓮は長椅子にドカッと腰を下ろす。

普段は昼過ぎに診察に来る白蓮と葦弦《イゲン》が今日は朝からやって来た。そして、診察に立ち会うはずの白蓮は、香麗《シャンリー》妃のもとには行かずぶすっとした態度で明渓を睨んでいる。

「別にそのようなつもりはなかったのですが……」

明渓は気まずそうな顔でお茶を差し出す。

「とりあえず事の全容を教えてくれ。こっちは事情もよく分からないまま寒風吹きすさぶ中、井戸を調べたんだぞ」

「はい、その節はありがとうございます。おかげで謎が解けました」

明渓は珍しく白蓮に頭を下げると、後宮の東で起こった怪異について話し始めた。

「まず井戸についてですが、青周様が用意してくださった地図には五つの『井』という文字が書かれていました」

「なるほど、だから俺に五つ目の井戸を探せと命じたのだな」

「お願いしたのです」

皇族にそんな不敬な言い方はしていないと反論する。しかし、今日の白蓮はそれを聞き流し話の先を促した。

「井戸はやはり四つしかありませんでした。青周様によると埋めた可能性はないそうです。それならば考えられることは一つ、その上に建物を建てたのです」

「で、その建物が牢舎だというのか」

「はい、いくら下級嬪といえども帝の訪れがないとは限りません。井戸を塞がずに宮を建てるなど横着なことはしないでしょう。しかし、疑いのある者が入る牢舎ならその上に建てたとしても不思議ではありません」

二人が捕まったあと牢舎の床を調べると、その一部が剝がされており、真下に古井戸が見つかった。

「白蓮様に頼んだもう一つのこと、『井戸を塞いでいる石が動かされた形跡がないかを調べて欲しい』というのは、残り四つの井戸のうち一つが牢舎の井戸と繫がっているのでは、と思ったからです」

「どうしてそう思ったんだ？」

「青周様の話を聞いたからです」

白蓮がむっとした顔で明渓を見る。

「今日の話にはやけに青周様が出てくるな」

「仕方ないではありませんか。青周様のお話が解決の糸口だったことは間違いないのですから」

これでは埒《らち》が明かないと、明渓は強引に話を続けることにした。

石が動かされた形跡のある井戸は南側にあったらしい。空き地の近くにあり、一番牢舎に近い井戸だった。

「青周様が仰るには、暁華《シャオカ》皇后もその牢舎に二週間入ったことがあるそうです。その際、毒を盛られるのを恐れて飲み食いは一切されなかったと」

「うん？　ちょっと待て。二週間も何も口にしなければ死んでもおかしくないぞ？」

「そうなんです。しかし暁華皇后はげっそりしていたものの命に別状はありませんでした」

白蓮は宙を睨みながらお茶を啜《すす》り、呟く。

「誰かが食事を運んでいたとしか考えられない。でも、入り口には武官か宦官が立っていただろうし……なるほど、それで井戸か！　涸れ井戸の中に隠し通路を作り食事を届けた。いや、まて、しかし隠し通路なんてそんなすぐにできるものではないぞ」

「そうですね。ここからは私の推測ですが、隠し通路は事前に用意されていたのではないでしょうか。暁華皇后は何かと悪い噂が絶えない人でした。真偽は分かりませんが、彼女によって牢舎に入れられた者もいたとか。そのため恨みを買っている自覚はあったはずです。誰かに陥れられた場合のことを考え、事前に隠し通路を用意していたのかも知れません。少なくとも牢舎に入った時には通路は完成していたはずです」

石を動かした形跡のある井戸は大木のすぐ横にあった。

武官達が井戸を見張っていると、まず男が現れ石をどけ、木に縄を結び付けて井戸に入っていった。それから暫くして女が同じように縄を頼りに井戸に入っていったらしい。

それらを見届けた武官は、頃合いを見計らって牢舎に入り、ことの現場を押さえたそうだ。

「侍女達が見た人影はその二人だとして、啜り泣きや話し声の正体は何だったんだ？」

「啜り泣きは風でしょう。あの辺りは風が強かったです。風が木に当たり向きを変え井戸に吹き込み、隠し通路を通り抜ける音が啜り泣きのように聞こえたのでしょう。啜り泣きが数日おきに数時間だけ聞こえたのは、石がどけられたのが密会している時間だけだからです」

冬になり風が強くなった頃、声が聞こえてきたのはそのせいだろう。

「なるほど、では珠蘭《シュラン》が言っていた話し声は何だったんだ？」

「珠欄は耳が良いですからね。井戸が同時期に涸《か》れたということは、同じ地下水脈でつながっていたということ。桜奏宮にある涸れ井戸から、僅かな話し声が漏れていてもおかしくありません」

涸れ井戸を塞ぐ石はあくまで転落防止のためで、隙間があると青周も言っていた。耳が良いがために牢舎での小さな話し声も聞こえてしまったのだろう。

全て話し終えた明渓は、冷めてしまったお茶を口にし、やっとひと息ついた。

「なるほどな、でも俺が生まれる前から隠し通路があったなら、もっと以前から使われていても良くないか？　耳の良い珠蘭が聞いた話し声は常人には聞こえぬかも知れないが、姿を見た者や啜り泣きを聞いた者が以前からいたとしてもおかしくない」

「そのことですが……暁華皇后は穴を掘る際、誰に頼んだと思いますか？」

「女では無理だし、医官が掘るとも考えにくい。妥当なところ宦官だろう」

「私もそう思います。そして、暁華皇后が亡くなったことでその宦官の口が緩み、同僚に思わず隠し通路の話をしたのだとしたら？」

なるほどなぁ、と呟き白蓮は背もたれに身体を預ける。宦官はその身ゆえ市井では生きづらく、通常後宮で一生を過ごす。ゆえに数十年後宮に務めている宦官など大勢おり、そのうちの誰かがかつて暁華皇后に命じられていたとしても不思議はない。

とりあえず噂が広まる前に真相が分かって良かったと思った白蓮だが、ふと気がかりなことが胸をよぎった。

「そういえば、これが『暁華皇后の呪詛』と噂されていないのは、見聞きしたのが他宮に親しい者がいない新入りの侍女ばかりだったからだよな」

「そうです。それについては幸いだったと」

「それだけど、珠蘭はどうなんだ？　あいつは以前から後宮にいたのだから、知り合いの侍女もいるんじゃないか？　噂を聞いた第二、第三の梅露妃《メイルー》が出てきたりしてな」

お茶を置こうとしていた明渓の手が宙でぴたりと止まり、次いで口をぱくぱくとさせる。

「は、白蓮様、早く後宮に戻ってください‼　珠蘭の口止めをしなくては‼」

「どうしようかなー。昨日、寒い中頑張りすぎてちょっと体調が悪いんだよなぁ。……あっ、ここでひと休みしてから戻るとするか」

わざとらしいのんびりとした口調で伸びをし、白蓮は長椅子に横になる。明渓は焦り白蓮の肩を揺するも、それすら心地よいかのように瞳を閉じてしまった。何とかして機嫌を直して貰《もら》わなくては、呪詛の噂は広がるばかり。梅露妃のような騒ぎはもう沢山だ。

「白蓮様！　寒いなら私の温石《おんじゃく》を差し上げますから‼　ほら、暖かいですよ」

胸元から取り出したまだ暖かい石を白蓮の頬に当てる。

「後から生姜湯もお作りします。それから外套をお貸しして……って、どうして潤んだ目で温石に頬擦《ほおず》りしているんですか？　早く起きて後宮に行ってください‼」

「いやだ」

「いやだ、じゃなくて……」

…………

「おにいさま、あっちいきたい」

「駄目だ、雨林《ユーリン》」

「お母様、何で韋弦《イゲン》もいるの？」

「ふふふ。静かにね、陽紗《ヨウシャー》」

扉の隙間からは幾つもの目が二人を見ていた。

９　明渓の休日

大通りは人であふれ、周辺の店の軒先は赤や緑、黄色を基調とした竜の絵や刺繍《ししゅう》、置物で飾られている。それとは別に露店も出ており、そちらには異国の珍しい品がずらりと並んでいた。

「思っていた以上の華やかさです！」

嬉しそうに、忙《せわ》しなく周りを見渡す明渓の隣で、白蓮が目を細めその様子を見守る。その顔は明渓以上に楽しそうで、にやつく口元を引き締めようとするもうまくいっていない。

蔵書宮の幽霊騒ぎのどさくさに紛れ約束した春節の祭り《デート》に二人は来ている。

田舎出身の明渓にとって、これほどの人混みも、所狭しと軒を連ねる露店も初めて。少し歩けば立ち止まり、あちこち見ては人にぶつかりでなかなか前に進まない。

「白蓮様、本があります」

瞳を輝かせ、異国の本を取り扱っている露店に駆け寄ると、紺色の表紙に赤い文字で何やら書かれた本を手に取り、頁《ページ》をぱらぱらと捲《めく》る。

「明渓、さっきも言ったが今日は俺は『僑月』で敬語も不要だ」

「……そうでし……だったわ。でも、何だか慣れなくて」

「いやいや、つい数ヶ月前まではそう呼んでいたじゃないか」

呆れたように白蓮は言うけれど、知らないですするのと知っていてするのとでは違うというもの。

明渓は困り顔で頬に手を当て「僑月」と小さく何度も呟く。そんな可愛らしい姿を見せられては、白蓮の頬はますます緩むというもの。この露店の本全部買ってやろうか、ぐらい言いそうだ。

「明渓は異国の文字も読めるのか？　でも普段手に入れることができない本ですよ」

「ほとんど読めません。でも普段手に入れることができない本ですよ」

読めなくても欲しいらしい。医学書の中には異国の言葉で書かれた物も多くある。もちろん翻訳した本もあるが、原書も読めなくてはいけないので白蓮は多少なら異国の言葉も分かる。

「それなら俺が教えてやるよ」

そう言い、簡単そうな本を数冊選ぶと明渓に買い渡す。明渓は満面の笑みで受け取り礼をいうとぎゅっと大事そうに胸に抱きかかえた。本気で店ごと買おうかと思う。

ご機嫌で歩く明渓の目に、今度は異国の宝飾品が目に留まった。

「あれも見るか？」

「はい」

普段は本以外に興味を示さない明渓が珍しく指輪を手にする。しかし、どうも他の女性《にょしょう》とは様子が違う。皆指に嵌《は》め似合うか試しているのに対し、明渓はその細かな金細工を観察している。この国にない繊細な技巧が珍しかったようだ。

端には小さな陶器の器が幾つも並んでいた。蓋《ふた》を開けると赤い練粉のような物が入っている。

「お嬢さん、それは異国の爪紅《つまべに》だよ。他にも何色かあるから見ていきなよ」

日に焼けた五十代ほどの女店主が話しかけてきて、他の蓋も開けた。朱に近い赤や、桃色、橙色、目にも鮮やかな色から、はんなりとした淡い色まで様々な爪紅がある。

「そういえば、後宮では爪紅が流行っていたな」

明渓の耳もとで白蓮が囁《ささや》く。小さな声なのは後宮という言葉を聞かれたくないからだろう。

「そうなの？」

「知らなかったのか。妃嬪から始まり今では侍女の中にもしている者がいる」

「でも朱閣宮では香麗《シャンリー》妃も侍女もしていないわよ」

「それは爪紅の材料に鬼灯《ほおずき》の葉を使っているからだ。鬼灯は堕胎薬にも使われるからな」

異国の品も鬼灯を使っているのかと聞けば、女店主は首を振った。それならば、紅《ホン》花《ファ》へのお土産にと明渓はいくつか爪紅を手に取る。

「買ってやろうか？　どれがいい？」

白蓮も一つ手に取り中を見る。爪を赤く塗る女心なんてさっぱり分からないが、明渓が興味を持っているのは分かった。

「さっき本を買って貰ったし、これは自分で買うわ。私だってお給金を頂いているのよ」

「あの方にはもっと沢山買って貰ったのに？」

白蓮は口を尖《とが》らせ横目で明渓をじろりと見る。今明渓が着ている服も、外套も、先程までしていた手袋もすべて青周からの贈り物だ。

「いつの間にそんなに仲良くなったんだ」

「別に仲良くなってないわ。ちょっとあのご兄弟に拉致られただけよ」

「拉致られた？　皇居で？」

意味が分からないと白蓮は頭を抱える。

空燕《コンイエン》が戻ってくると碌《ろく》なことが起こらない。発想が斜め上で行動力があるから手に負えないし、何故か常識人の青周も便乗する。

明渓は暫く迷った末、自分の分も含め二個の爪紅を女店主に手渡した。

桃色に近い赤色で、桃の園遊会の頃につけてみようかなと柄にもなく思う。

露店には異国の品だけでなく食べ物もあり、見たことのない料理に二人とも腹がぐぅとなった。

「僑月、あれは何？」

明渓の指差す方には人盛りとほくほくと立ち上る湯気、そしてなんとも良い匂いがしてくる。

「あれは二色饅頭だ。一つの饅頭に左右で二種類の餡《あん》が入っているんだが、最近市井で流行っているらしい。店によって中の餡は様々と聞くが。……異国の料理ではないし並ぶようだがいいか？」

「ええ、構わないわ」

遠目からでも分かるぐらい大きな饅頭。歩き回ってお腹が減っているのであれぐらい食べられそうだ。食べるのは初めてという白蓮と一緒に、最後尾に並ぶことに。

「私の生まれた田舎でも春節の祭りはあるけれど、都は流石《さすが》に賑やかね。しかも異国の品がこんなにあるなんて」

手にしている風呂敷には、本や爪紅以外に酒も入っている。抱きかかえる明渓はすこぶる上機嫌だ。

「楽しそうだな」

「はい！　連れてきてくれてありがとうございます」

心底喜ぶ無邪気な笑顔、いまだかつて明渓が白蓮にこんな顔を見せたことがあっただろうか。唐突に向けられたその顔に白蓮の顔がみるみる赤く染まる。なんだか眩《まぶ》しくて直視できない、これは困ったと心臓をばくばくさせていると、順番が来たようだ。

「お待たせしました。一つですか？」

「いや、二つ頼む」

「二つ、ですか？」

　店主は不思議そうに問い返すと、湯気の出る饅頭を油紙で包み手渡してくれた。白蓮は銭を渡し饅頭を受け取ると、道の隅に置かれた簡素な長椅子を見つけ腰を掛け、一つを明渓に手渡す。

　明渓はそれを二つに割って一つを膝に置き、もう片方をさらに半分に割ると、中は肉餡だった。湯気と一緒に美味しそうな匂いもほわっと立ち上る。

　白蓮は二つに割るとそのままかぶりつき、熱そうにほふほふ言って飲み込むと、まだ息を吹きかけ冷ましている明渓を見た。

「もしかして猫舌か？」

「はい」

（可愛すぎる）

　息を吹きかけるその尖った唇といい、早く食べたいのに食べられないでいるじれったい顔といいまるで幼な子のようだ、と白蓮は口を開けたままじっと見入る。

「……食べたいの？」

「いや、違うから」

なにやら勘違いしたようで、じろりと睨まれてしまうも、これはこれでよい。

「ところで、外出着がなかったと聞いたが本当なのか？」

「うん、だって入内《じゅだい》した時に持ってきた衣装は全て妃嬪が着る豪華な物だし、与えられた皇居の侍女服で買い物には行けないもの」

「実家に言って送って貰えばよいではないか。何も……」

青周様に買って貰わなくても良いのに、俺が買うのにと小さくぼやく。

明渓はさらっと聞き流すと、やっと饅頭を口にした。充分冷ましたはずなのに、それでもまだ熱かったようで、はふはふ言いながらごくんと飲み込む。

「口、火傷《やけど》してない？　見てやろうか？」

当たり前のように指で口を開けようとする手を容赦なく払い落とす。無礼講と言ったのは白蓮だ、当然これぐらい許されるだろうと思い見れば、やけににこにこしている。白蓮にしてみれば、皇族だと知られる前の関係に戻れたようで嬉しいの半分、性癖半分だ。

「先程の話だけれど、実家には侍女になったことを伝えていないの。東宮に頼んで内緒にしてもらっている」

「何で言っていないんだ？」

「私には兄弟がいないからよ」

一拍のち、白蓮は事情を察した。下級妃嬪だったとはいえ、地方では名の通った家の一人娘。そうなると婿養子を取るのが通例だし、十八歳になった明渓はまさしく結婚適齢期。

後宮を追い出され侍女をしているなんて知られると呼び戻され、見合い、結婚させられるのが目に見えている。

「そうか、それは言えないな」

「ええ、蔵書宮の本を読み尽くすまで帰るわけにはいかないわ」

その言葉に、白蓮の動きが止まる。食べ終えた肉餡の代わりにもう片方を齧《かじ》ると餡子が出てきた。甘いそれを頬張りながらぼそりと呟く。

「では、読み終わったら故郷に帰り、婿《むこ》を取るのか？」

そう言われ、明渓は答えに窮する。おそらくそうなるだろうと思うも、それはどこか他人事《ひとごと》のようで。そして気づいた。

（私は案外今の暮らしを楽しんでいる）

この関係がずっと続けばよいと思うのは我儘《わがまま》だろう。いずれは終わる時が来る、でもそれはまだ先のことと思っていたい。

急に黙り込んで黙々と饅頭を食べる明渓に、白蓮がなんと声をかけようか考えていると、

「誰か！　医者はいないか？　人が倒れているんだ！」

通りの向こう側から血相を変えた男が転がるように走って来た。白蓮はその声を聞くと残りの饅頭を強引に口に詰め込み声のする方へと走って行く。明渓も食べかけの饅頭を口に押し込み、膝に置いた饅頭を油紙ごと袂《たもと》に入れると後を追いかけた。

曲がりなりにも白蓮は皇族、何かあっては一大事で決して一人にしてはいけない。今日だっていざとなれば守るつもりで帯に短剣を隠している。しかし白蓮の足は思ったより速く、追いついた時には詳細を聞いたあとだった。

「分かった、そこに案内してくれ」

走って来た男に道案内を頼むと、再び走り出す。明渓は、器用に人を避け走る背中を追いかけながら、いつのまにこんなに速く走れるようになったのかと思った。もう、足の速さではかなわないかも知れない。

男は朱塗りの大きな門の前で止まると、門番らしき男と何やら話をする。男達の視線を感じ明渓は首を捻《ひね》るも、白蓮はその意味が分かったようで。

「俺の連れだ。一緒に連れて行きたい」

「分かった、事情が事情だ。女がこの門を出るには許可札が必要。あんたの顔は一応覚えておくが、無くすなよ」

ほれ、と手渡された年季の入った札には、許可の二文字と今日の日付が書かれていた。日付の部分は削った跡があり、何度も書き直して使っているようだ。

「絶対に俺の傍にいろ」

白蓮は、きつい口調に戸惑う明渓の手をぎゅっと握ると、再び走り出した。

「ここだ！　早く‼」

男が入って行ったのは大きな朱塗りの建物。市井で見たそれとは異なる独特の造り、旅籠《はたご》に近いが何かが違う。一歩足を踏み入れれば咽せ返るような香の匂いに、昼間にも関わらず寝着《ねぎ》で髪を下ろした幾人もの女。さすがに明渓でも自分がどこにいるか分かった。

二階への階段を駆け上がる男の後を追いながら、白蓮の手を握り返し、懐にしまった札をもう片方の手で衣の上から確かめるように握りしめた。

開け放たれた扉の前にいる女達をかき分け中に入ると、寝台の上に男女が倒れていた。

口から泡を出し苦悶の表情を浮かべる男は、喉を掻きむしるような仕草をしたまま動かない。

どうやら毒を口にしたようだ。

白蓮は男の首に手を当て脈をとると、頭を横に振りすぐに遊女の方へ向かった。同じように脈をとると、こちらは反応があったようで案内してくれた男に水を持ってくるよう頼む。

間もなく足音が聞こえ、十歳にも満たない女の子が息を切らせ水を持って来て、白蓮に手渡した。

白蓮は懐から嘔吐剤を出すと、水と一緒に遊女の口に流し込み、顔を横向かせる。げぼっと女の口から吐瀉物があふれると、白蓮は全て吐くよう言い背をさすった。身を丸くして吐く遊女に優しく声をかけつつ、脈や顔色、吐瀉物にまで目を配る、実に無駄のない動きだ。

「何故こうなったか分かる者はいるか?」

嘔吐する遊女の背を撫でながら聞くと、一人の遊女が手を上げた。

歳は二十歳頃だろうか。疲れの滲《にじ》んだ顔をした遊女は、気が動転しているのだろう、どこから話せばよいのかとおろおろする。女の処置をしている白蓮に代わって明渓が問いかけた。

「では、誰が初めに見つけたのか、その時どんな状況だったのかを教えてください」

明渓の言葉に遊女は小さく頷くと、ごくんと唾を飲み込み話し始めた。

「最初に見つけたのは私です。朝になって店が閉まる時間になっても姐さんも客も出てこないから、楼主に言われ様子を見に行ったら、二人は寝台に重なるように寝ていました。卓《つくえ》の上には空の徳利《とっくり》と杯があって、呼びかけてもふたりとも起きないから近づくとあの男が泡を吹いているのが見え、あわてて楼主を呼びに戻ったんです。……あの、姐さんは大丈夫ですか？　明日には身請けが決まっているんです」

明渓が卓の上を見ると徳利と杯はそのままになっていた。他に器や食べ物がないから毒はあの中に入っていた可能性が高い。あとで白蓮が見るだろうと、そのままにしておくように頼んだ。

「あらかた毒は吐いたから女の命は助かるだろう。男の身元は分かるか？　それから身請けというのは」

「男は姐さんの馴染《なじ》み客で木材の商いをしています。姐さんは、ずっと御贔屓《ひいき》にしてくださっていたある方に明日身請けされることが決まっていたんだけど、それでもその男は姐さんに執着していたんです」

あまりの男のしつこさに危険を感じた楼主は、遊女に会いたいという男の願いを断っていた。しかし、男は文《ふみ》だけでも渡してくれと楼主に預けていたらしい。そして昨晩、相場より多くの金を持って現れた男に遊女は自ら会うと言った。

「身請けされる前に、男が一緒に無理心中を図ったんだよ！」

誰かが言い捨てた言葉に明渓と白蓮は静かに視線を交わした。


白蓮が徳利を調べたところやはり毒が入っていた。毒にはそれぞれ致死量というものがあり、口にする量が少なければそれだけ助かる可能性が高くなる。遊女が助かったのは、飲む量が少なかったからだ。

夕暮れが近づいた頃、遊女は起き上がれるほどに回復した。話を聞けば、他の遊女が話した通りで、酒を飲んだら気分が悪くなったらしい。脈はまだ乱れているものの、呼吸も安定し話せるぐらいに回復したので、二人は妓楼《ぎろう》をあとにすることに。

階段を下りていると、客の手を引く着飾った遊女とすれ違った。来た時に見た疲れた表情ではなく、着飾り華やかな笑みを浮かべながら客にしな垂れかかっている。客がちらりとすれ違う時、明渓に目をやったのを見て自然、白蓮の足は速くなった。

それなのに、階下で待っていた楼主が紙に包んだ診察料を手渡しながら「席を設けるから礼をさせて欲しい」と言ってくる。

「診察代は受け取るが、それ以上の気遣いは不要だ。悪いが急いでいる」

「そうですか、それならこれだけでも。あの子が死んでいたらどれだけの損失が出ていたか。うちは可愛い子が沢山揃《そろ》っていますよ」

楼主が何やら紙を手渡そうとしているので、明渓はさりげなく数歩離れた。それぐらいの知識は持っているし弁《わきま》えてもいる。

ふと、袂をひっぱられ振り返ると、水を持ってきた女の子が涙目で見上げてきた。

「姐さんはもう大丈夫？　死なない？」

鼻を啜《すす》りながら聞いてくる女の子の頭を、しゃがんで優しく撫《な》でる。

「大丈夫よ。お医者様が治してくれたから。明日には元気になるわ」

「本当に？」

「本当よ」

女の子はその言葉にほっとしたのか、やっと笑顔を見せた。

「よかった。昨日姐さんに貰った饅頭のお礼もまだ言えてなかったから。二色饅頭を作って余ったからってくれたの。餡は一種類だけだったけれど。他にもいっぱい親切にしてくれたから、ありがとうって言って送り出してあげたいの」

「そう。きっとお姐さんも喜んでくれるわ。そうだ、私もさっき二色饅頭を食べたのよ。美味しかったわ」

「うん！　お姉さんはあの医官様と食べたんでしょう？」

ちょっとませた顔で聞いてくる女の子に、そうよ、と答えていると白蓮に肩を叩かれた。

「明渓、帰るぞ」

「話はもういいの？」

「い、いや、そんな大した話じゃないから！　その、毒を飲んでいるから大人しく寝ているようにとか、そんな説明をだな……」

必死で言い訳をする白蓮を冷めた目で見据えていると、ここまで案内をしてくれた男が奥から出てきた。

「お医者様、そろそろ嬢ちゃんのためにも出た方がいい。素人女が歩くには危ない時間になってきた。門まで送りますから付いてきてください」

来た時と同じように男に案内してもらい、二人は朱色の大門を潜る。潜りながら、明渓はかつて白蓮から言われたことを思い出す。

——世の中自分の思い通りにいかないことばかり——その言葉が胸にずしりと重く響いた。

大門を出ると白蓮は早足で大通りを歩きだす。遊郭を出たというのに手は繋いだままま。この国では妙齢の男女が人前で手を繋いで歩くのは珍しく、チラチラと視線が飛んできて大変居心地が悪い。

「あの、……手を離してください」

焦りと恥ずかしさから口調がもとに戻っている。

「人が多いし予定が狂って急いでいる、今離したらはぐれるかもしれないから駄目だ」

「はぐれません、だから離してください」

ムッとした表情で反論するも白蓮は手を離すことなく、変わりに懐から頭巾を取り出しそれを片手で器用に被った。顔をすっぽり覆う布の隙間からあどけなさを残した目だけが見えている。

そのまま歩を進め、角を曲がると目の前に高い物見櫓《ものみやぐら》が見えてきた。ずっと平穏な治世が続いているけれど、この櫓には常時武官が配置され都の向こうにまで目を配っている。

白蓮が頭巾を被ったまま向かうと、櫓の下にいた武官がすぐさま頭を下げた。

「上に行く」

事前に第四皇子として話をつけていたのだろう。その言葉を聞くと武官は数歩退き、階段へと繋がる扉を開けた。

梯子《はしご》と言っても良いぐらいの、急で踏み板の幅が狭い階段を白蓮、明渓の順で這うように登って行く。登りながら頭巾を取ったので、被ったのは武官に顔を見せないためだったようだ。

もうすぐ天辺《てっぺん》というところで先を行く白蓮の動きが止まった。アワアワと何か言っている声がしたあと、

「どうしてここにいるんですか⁉」

素《す》っ頓狂《とんきょう》な声が櫓内に響き渡った。

天辺で二人を待っていたのは、この国で一番尊い血を継ぐ人間、青周と空燕《コンイエン》。

「遅かったな、先に始めていたぞ」

空燕は杯を片手に、陽気な笑顔で二人に手を振り立ち上がる。

「随分ゆっくり市井を見ていたんだな。楽しめたか？」

本心は分からないが、青周は余裕の笑みで二人を迎えた。

空燕は、明渓の背を押し奥の方へと連れて行くと、床に敷いた茣蓙《ござ》の上に座らせ自分はその隣に腰を下ろす。

もっとも、奥と言っても四人肩を寄せなければ座れないぐらいの広さで、大したことはないのだが。

茣蓙の上には、酒やつまみの載った皿が台に乗せられることなく直接置かれている。到底皇族とは思えない有様は農民の宴会のようだが、空燕はおろか青周も気にする様子はない。

白蓮は円形のように座す三人を見下ろし、明渓と青周の間に割り込むように座った。

「どうしてお二人がここにいるのですか？」

眦《まなじり》をピクピクさせながら白蓮が問う。

「可愛い姪《めい》っ子に春節の祝いをあげようと朱閣宮に行ったら、お前とメイが出かけたって聞いてな。で、いろいろ情報を集めてここに辿《たど》り着いたんだ」

「よく分かりましたね」

白蓮は頭が痛くなってきたのか、こめかみに手を当てながら呟《つぶや》く。

「俺の情報網は侍女達のそれと複雑に絡み合っているからな。もっとも、この場所は青周兄と武官達との絡み合った情報網が出処《でどころ》だ」

「勝手に絡み合わせるな」

まるで合いの手を入れるように青周が口を開く。やはりこの二人仲がいい。

白蓮が呆《あき》れながらぼやく。

「空燕様が言うと卑猥《ひわい》に聞こえます」

「……白蓮、こいつの場合は聞こえるのではない。実際そうだ」

二人は珍しく顔を見合わせ頷いた。

「で、市井では何を見てきたんだ？」

明渓の前に杯を置きながら青周が聞いてきた。

明渓はちらりと横目で白蓮を見る。その懐からは白い紙の端が覗いていた。楼主が帰りがけに強引に渡していた紙で、会話の流れから考えると、多分、廓《くるわ》への招待や割引の文言が書かれているのだろう。

ふと、さっき手を離してくれなかったことへの意趣返しをしてやろう、そんな不遜な考えが頭をよぎった。

悪気はない。

あるのは悪戯心《いたずらごころ》だ。

「……白蓮様に手を引かれ、妓楼に連れていかれました」

……一瞬の沈黙のあと……

ガタガタッと皿をひっくり返しながら二人が白蓮に詰め寄った。青周に至っては白蓮の襟首を掴んでいる。

「お前、それは駄目だろ‼ 物事には順序って物があってだな‼」

「お前という奴は！ 空燕とは違うと思っていたが、結局は……」

「……うん？ いや、まて、青周兄、だから俺でもそれは……まぁ、合意があれば……いや、」

白蓮を締め上げながら、どんどん論点がずれていく。思った以上の反応に焦ったのは明渓だ。

「あ、あの‼　手を離してください。白蓮様が苦しそうです‼　倒れた人がいて、それで呼ばれたのです！」

その言葉で、二人はやっと白蓮を見た。白い顔で口をパクパクさせている。

青周が手を離すと、白蓮は喉を押さえながら涙目でゲホゲホッと咳《せ》き込んだ。しかし二人は気にせず明渓を見る。

「こいつを庇《かば》っているのか？」

「違います。申し訳ありません。ちょっと意地悪な言い方をしてしまいました」

流石に悪いと思ったのか、明渓は白蓮の背中を撫でながら頭を下げ謝る。

「……ということは、本当に病人を看病していたのか」

明渓はこくんと頷いた。

喉を押さえながら白蓮は今日あったことを説明する。青周と空燕は、酒を飲みながら耳を傾け、ちょっと申し訳なさそうな顔をした。

「それは大変だったな」

空燕が、遠慮する明渓の杯に酒を注ぎながら労《ねぎら》いの言葉をかける。白蓮にはポイっと瓢箪《ひょうたん》を投げていた。中身はお茶らしい。東宮から酒を飲ませるなと強く言われているからだ。

「私は特に何も……」

明渓がそう言いかけた時、
ぐぅー
腹の虫が鳴る音が響いた。

思わず真っ赤になって下を向く。

「ははは、なんだメイ腹が減っているのか」

「つまみ程度しか用意していないからな。下の武官に何か買いに行かせるか」

「いえ、結構です。先程食べた饅頭がまだ半分残っていますから」

袂に入れた饅頭を思い出し取り出してみると、冷めてしまってはいるが潰れてはいない。

「おっ、二色饅頭じゃないか。流行っているんだよな」

明渓は少し迷うも、無礼講の流れに甘え冷めた饅頭をぱくりと口にした。味はかなり落ちていたけれど、手のひらぐらいの大きさの饅頭は充分に腹を満たす。

「おいおい、メイ。それ一人で食べちゃ駄目だろ」

空燕が呆れた口調でそう言った。その言葉に明渓ははて、と首を傾げるとともに、引っかかっていたことを思い出した。

（饅頭屋の店主は何と言っていた？　廓の少女の反応はどうだった？）

手元の二色饅頭をじっと見つめながら空燕に問いかける。

「もしかして二色饅頭には何か意味があるのですか？」

「何だ、知らずに食っていたのか。それは意中の男女で分けて食うものなんだよ。そうするとずっと一緒にいられるって話だ」

「異国から帰られたばかりなのに詳しいですね」

「俺の絡まった情報網は後宮だけではないからな」

得意げに話すも、もはや全員が聞き流した。

トントン、明渓が人差し指で顎を叩き始める。

青周、空燕、白蓮は目を合わせ、櫓の中が急に静寂に包まれた。静かに見守る者、興味津々な者、口を開け見惚《みと》れる者、三者三様の視線が注がれるその先で、明渓の顔色が少しずつ青く変わっていく。

「どうしよう。……私気づけなかった」

まるで取り返しがつかないことをしでかしたかのように、愕然《がくぜん》とする。それを白蓮は心配そうに覗きこんだ。

「どうしたんだ、明渓？　もしかして、俺と饅頭を分けそびれたのが……」

「違います」

容赦なく、白蓮の言葉を否定する。

「白蓮様は楼主から何やら勧められていたのでご存じないかと思いますが……」

明渓がちらりと白蓮の懐に目をやると、残りの二人もそれに続く。空燕が素早く、懐から覗く紙に手を伸ばし取り上げると、文に目を通した。青周も横から首を伸ばし文字を目で追う。

「青周兄、こいつなかなか上手くやっているぞ」

「医者の立場を最大限に活かしているな」

「い、いや、それは無理矢理持たされただけで」

焦る白蓮を兄二人がニヤニヤと見る。

「まあ、お前も元服しているしな、ただコイツみたいにはなるなよ」

青周が紙を白蓮に返しながら言うも、白蓮は受け取ろうとしない。その反応を見て、ふっと鼻で笑うと白蓮の前にポイッと投げた。

「……あの、話を続けても良いでしょうか」

半目で明渓が申し出ると、三人が口々に詫《わ》びの言葉を言いながら先を促す。

「少女が言っていたのです。倒れた女は、昨日二色饅頭を作っていて、余った方の餡で作った饅頭を少女にくれたと」

「それがどうかしたのか?」

白蓮が首を傾げる。特に不思議な点はない、微笑《ほほえ》ましい話だ。

「おかしいではありませんか」

「うん、おかしいな」

明渓に同調したのは空燕。いつになく真面目な顔をすると、暫く宙を睨み次いで合点がいった表情で頷いた。

「だが全ては推測だ。メイには何の責《せめ》もないし、これ以上は証拠もないのに踏み込む問題ではない」

不満気な表情ながらそう言い切る。明渓は初めて見る空燕の真面目な顔と、その頭の回転の速さに驚いた。単細胞だと思っていたが、中々の切れ者だと印象を変える。

「おい、空燕、俺にも分かるように説明しろ」

「説明するのはいいが推測だと思ってくれ。間違っても武官を向かわせないでくれよ。まず倒れた女が饅頭を作ったのは昨日。饅頭は冷めると味が落ちるから、食わせたい奴が来たのは昨日ということになる」

しかし、昨日来たのは遊女が避けていた男。どうして遊女はそんな男のためにわざわざ二色饅頭を作ったのか。そこで空燕は白蓮に問いかけた。

「白蓮、徳利と杯に残っていた酒を調べたんだろう。それは致死量に足るものだったか？」

「毒の種類と濃度は分かりました。一口飲んで死ぬ毒ではありません。つまり、男の方が多く酒を飲み、ゆえに死に至ったということです」

「それはおかしくないか？　俺なら女に酒をすすめ自分はあまり口にしない。そして女が死んだのを確認してから毒を口に含む」

その言葉に白蓮はハッとする。そうだ、まず男がすべきことは遊女に毒を飲ませること。自分の方が多く酒を飲むなどありえない。ではいったいどういうことなのか。

「白蓮様、これは心中未遂騒動ではなく遊女による殺人事件なのです。そして毒が含まれていたのは酒だけではありません」

しかし、あの部屋にあったのは徳利と杯だけ、皿や食べ物は見当たらなかった。白蓮がそれを指摘すると、明渓は手元の冷めた二色饅頭を皆に見せる。

「二色饅頭は油紙に包まれ売られていました。半分だけに毒を仕込んだ二色饅頭を作り毒入りの方を男に渡して二人で食べる。さらに男は毒入りの酒も飲み二つを合わせて致死量に至ったのではないでしょうか。作った饅頭は懐紙に包み手渡せば、あとには何も残りません」

正確には懐紙は残るが、くず入れに入っていたところでなんら不思議はない。

酒に毒を入れ男に多く飲ませることも可能だが、どれほど飲んでくれるかは一種の賭けでもある。それなら饅頭と酒どちらにも仕込んでおいた方が確実だと考えたのだろう。

「身請けされる女は男の異常な執着心を恐れ、このままだと身請け先にも乗り込んでくるかもしれないと憂いた。そこで、手作りの二色饅頭を食べさせ無理心中に見立て殺す計画を立てたのです。男が昨日大金を持って現れたのも、女の指示だったのかもしれません」

明渓は最後に、これはあくまで推測です、と付け加えた。

証拠はないので、空燕の言う通りこれ以上関わることはできない。

「女は怖いな……」

誰ともなく口にした時、外で破裂音がした。明渓だけが何事かと、ひゃ、と声を上げる。

「あっ、始まりましたね。明渓、こっちにおいで」

ここで出遅れるわけにはいかないと、白蓮は明渓の手を引き櫓《やぐら》の窓の前に立たせると、自分はその隣をしっかりと陣取った。

もう一度音が聞こえると、あたりが途端にぱっと明るくなる。

「わぁ‼　もしかして、あれが『花火』ですか！　私、初めて見ました」

明渓は目を輝かせ窓から身を乗り出し空を見上げた。冬の夜空をそれは鮮やかに飾り立てている。

「これを見せたかったんだ」

二人で、という言葉を呑み込むと、後ろに立つ兄二人をちらりと睨む。二人はその視線に気づかない振りをして同じように空を眺めていた。

(何でいるんだよ)

腹立たしさに口を尖らせるも、兄達と一緒に見るのもそう悪くはないかと苦笑いを浮かべた。

最後まで花火を見て、あらかた飲み食いし尽くしたあと、四人は櫓を出ることに。青周、空燕、白蓮の順に階段を下りていく。最後の明渓がふと振り返り床を見ると、花火を見るまではそこに置かれていた楼主からの手紙がない。

階段の上から貴人三人を目を細め眺める。

誰が持っているのか。

流石に明渓でもお手上げの謎だった。

10 呪詛の正体

下っ端医官の朝は早い。冬場はまだ暗い内に起き、医具の準備をしなくてはいけない。

ひと通り用意が終わった頃、先輩医官が起きて来て、留守番を残して朝飯を食う。粥《かゆ》と野菜の煮込み、それに小魚といった質素な物で、中々腹が膨れず三回はおかわりをする。

食事が終われば回診の時間だ。上級妃は五日置きに、中級妃嬪については週に一回程度、下級嬪は二週間に一回の割合で定期的に行っており、今日は俺と韋弦が当番で、淑妃、貴妃、賢妃の順で回診を行う。

今回の診察は、韋弦が見守る中俺一人でするので、いささか緊張している。

最初に行ったのは淑妃の宮だ。

上級妃三人のうち、空燕《コンイエン》様の母親である淑妃のみが俺が白蓮だと知っている。だからという訳ではないが他の妃より気が楽だ。

今、後宮にいる妃嬪の中で最も古株なのが淑妃で、約十五年前に俺の母が死に、暁《シャ》華《オカ》皇后が皇居に移ったあと後宮を束ねてきたのが彼女だ。

暁華皇后が亡くなるという未曾有《みぞう》の出来事のあとでも、派閥争いもなく後宮が平穏なのは彼女のお陰だろう。

際立った容貌をしているわけではないが、頭の良い人で後宮内を実にうまく纏《まと》めている。それだけでなく、後宮内で得た情報を帝に進言することも多い。帝にとっては貴重な情報源であり知恵者《ブレーン》でもある。淑妃を皇后にしなかったのは、政乱を恐れてという理由もあるが、彼女に後宮を取り仕切って貰いたいからだろう。そういう意味では帝の片腕でもある。

次に行ったのは貴妃の宮。布団を綿に変えてから体調はどんどん回復し、咳も蕁麻《じんま》疹《しん》も治まっている。食事もしっかり摂れているようで、頬に赤みが差しもう心配なさそうだ。

その代わり、三歳の公主が元気がないというので、触診し風邪薬を処方した。どうも最近、後宮でタチの悪い風邪が流行っているようだ。

最後に行ったのが賢妃の宮。

賢妃は用があるため今日の診察は不要という。いや、今日もと言った方が良いだろう、もう一ヵ月以上何かと理由をつけて診察を断られている。

特に強制ではないのでこちらからは何も言えず、仕方がないので帰ろうとすると、公主が風邪をひいたようなので見て欲しいと頼まれた。

この公主、数週間前から体調があまり良くない。寝込む程ではないが、回診の度に何かしら薬を処方している。

「では、触診しますのでお腹を出して頂けませんか？」

二歳年下の妹は、俺が白蓮だとまだ知らない。来年女性の元服にあたる裳着《もぎ》が行われるので、その時に話す予定ではある。

その妹は顰《しか》めっ面で俺を見るばかりで、いっこうに腹を見せようとしない。近くにいる侍女に何やら耳打ちをし、された方は困った顔でこちらを見る。

「あの、医官様、衣の上から触診して頂けませんか？　公主様も年頃ですので、男性に肌を見せるのは抵抗があるそうです」

ほう、俺は兄だが？

とは言えない。

まあ、そういう年頃になったということのようだ。

とはいえ衣の上から触診をすることはできないので、衣の合わせから手を差し込み、前掛けの上から直接肌に触れないように触診をした。

「公主様は最近貧血気味ですので、そちらのお薬も頂けませんか？」

「分かりました」

迷わずに処方する俺の隣で、韋弦が頷く。どうやら今日は及第点を貰《もら》えそうだ。

公主は、賢妃の娘と貴妃の娘以外に他にもう二人いる。中々の子沢山だ。そういう意味では帝はきちんと役割を果たしている。

その二人の公主の母親はそれぞれ中級妃だ。同じ時期に入内し、歳も同じ、親の地位や権力もほぼ同等な上、公主を産んだ日も一日違いと様々なことが重なっている。

そのため、こっちを立てればあっちが立たない。

約十五年前、暁華妃が皇后となり徳妃の席が空いた。本来ならどちらかがその席に座るのだが、妙な権力争いが起こる可能性を危惧し、それならいっそ空席にしておこうとなったらしい。

二人揃って妊娠した時は皆ヒヤヒヤしたそうだが、どちらも公主だったのが救いだった。これが男なら将来的に火種となりかねない。

帰りに中級妃達の宮の前を通りながら、ふと思い出す。

「そう言えば、公主二人にも薬が出ていたな。風邪と貧血だったと記憶しているが合っているか？」

寒風吹き荒《すさ》ぶ中、誰もいないのを確認し白蓮としての口調で韋弦に問いかける。たとえ自分が処方していなくても、中級妃以上に処方した薬は覚えておくようにと日々言われていた。

「はい、お二人とも月の物が始まり、そのせいか最近貧血気味だそうです。風邪はあちこちで流行っていますので、白蓮様もお気をつけください」

元気に成長しているなら良いことだ。

いずれ、政治絡みで嫁がされるだろうが、兄としてはそれが良縁であることを願おう。それにしても今日は寒い。明渓に教えて貰った温石《おんじゃく》もすっかり冷えてしまった。

午後からは朱閣宮に向かう。

足取りが軽いのは気のせいではない。

そもそも、臨月でもないのに毎日通う必要はない。しかも、香麗妃《シャンリー》にすれば四度目の妊娠。実に落ち着いたものだ。

その辺りは、まぁ、皇族の特権としてごり押しした。普段頑張っているのだし、それぐらいは許されるだろう。

脈や腹の張り具合を見て、今日も何事もなく香麗妃の検診を終えた。

韋弦を先に帰し、ちょっとひと休み、とばかりに明渓を探す。

先に言っておく。

決して、こっちが目的ではない。

明渓はすぐに見つけることができた。居間の長椅子に雲嵐《ウンラン》と仲良く座り本を読んでいるが、やけに距離が近くないか？

近づき本を覗き込もうとすると、雲嵐が手で遮ってきた。

「白蓮様、母の検診が終わったなら早く帰られたらどうですか」

据わった目に加え、口調も生意気。昔は可愛かったのに。

「茶ぐらい飲ませろ」

お前がどこかに行け、と心の中でぼやきながら二人の前に腰を下ろす。

卓には俺が露店で買った異国の本が数冊置いてある。パラパラと捲ると何やら書き込みもしてあり、どうやら雲嵐に異国語を教わっていたようだ。

「異国の言葉なら俺が明渓に教えるから、お前は向こうで公主達と遊んでいろ」

「いえいえ白蓮様はお忙しいですし、実際に異国に行った私の方が適任です。それに、妹達はお昼寝中です」

屁理屈まで捏《こ》ねる。空燕様の悪影響だ。そうだ。そうに決まっている。

明渓が困ったように眉を下げ俺を見てきた。

「午前中、二人で剣の稽古をしたところ、雲嵐様がお礼に異国の言葉を教えてくださると仰り、公主様がお昼寝中の時間に教えて頂くことになったのです」

面白くない。剣の稽古をしたことも雲嵐の肩を持つところも。癪《しゃく》に障る。

「雲嵐、剣なら㵎流《カンルー》に教われればいいだろう？　あいつの腕は中々だし、お前の側近なんだから」

「その言葉、そっくりそのままお返しします。医官でありながら側近でもある韋弦はかなりの豪剣。なぜ明渓に教えを請うのですか？」

うっ、しまった。藪蛇《やぶへび》だった。

どう言い逃れすべきか考えていると、突き刺さるような視線を感じた。そっと明渓を見ると、ゾクリとする目で俺を睨んでいる。

「……そうだったのですか。では、お二人とも、そもそも私が教える必要は無かったのですね」

これはまずい、大変まずい。

バレてしまった、怒っている。

何か良い言い訳を、理由を考えなくては。

しかし、焦れば焦る程頭が真っ白になる。あの冷たい目で見つめられると、身体の奥がゾクリと痺《しび》れ何やら頭がぼーっとなってしまうのだ。


焦る気持ちばかりが空回りしていると、扉が勢いよく開き東宮が走り込んできた。

普段と明らかに様子が違う。

顔色が悪いだけでなく、危機迫った表情から尋常ならざるものを感じ、背筋に冷たいものが走った。

「東宮、何かあっ……」

「賢妃が死んだ。白蓮、明渓を連れて賢妃の宮に行け！」

東宮の叫び声が宮の中に響き渡る。

一瞬意味が分からず東宮を見つめた後、身体中が粟立《あわだ》ってきた。俺より早く、明渓が東宮に駆け寄り蒼白な顔で見上げる。

東宮は焦燥の表情を隠すことなく、その細い肩に手を置いた。

「頼む！　呪詛の正体を暴いてくれ‼」

＊

二人が賢妃の宮に着くと、そこにはもう幾重にも人垣ができていた。

白蓮が白衣を着ているからだろう、医官の邪魔にならないようにと集まった者達が道を譲ってくれる。二人はその隙間を縫うようにし、宮の門前まで進んだ。

野次馬達は道を空けながらも、どうして皇居の侍女がこの場にいるのかと、明渓に不躾《ぶしつけ》な視線を送ってくる。所々で「呪詛」という単語が飛び交うも、二人ともそれを気にする余裕はなかった。

扉の前にいた武官が白蓮に気づき、近づいてくると小さく頭を下げる。

白蓮の元服の宴にいた男で、暁華《シャオカ》皇后が倒れた際、一緒に厨房に向かった武官だ。あの場にいたということはかなり位の高い武官で、今この場を指揮しているのはこの男だと思われた。

「どうなっている？」

「はい、賢妃様のご遺体はすでに運び出されておりますが、倒れていた部屋は白蓮様達が来られるまでそのままにするよう言われております。ここでは人目に付きますので部屋にご案内いたします」

武官は白蓮の問いに声を潜めながら答えると、明渓に視線を移した。すでに、東宮から話を聞いているようで、何も問うことなく二人を宮の中へと促す。

案内されるまま進むと、武官の足が一つの扉の前で止まり二人を振り返った。

「部屋の中は荒れております。隣にいる侍女も中に入りますか？」

白蓮に視線でどうすると問われた明渓は、当然とばかりに頷く。

武官はその様子を見て、それ以上止めるような言葉は口にしなかった。

部屋は賢妃の寝室で、天蓋のついた大きな寝台が中央にある。

しかし、一番に目に飛び込んできたのは無数の鳥の羽根。寝台と床に飛び散ったそれらは、扉を開けた時の風で宙に舞っている。

寝台の横に置かれた棚は倒れ、その衝撃でいくつかの引き出しが開き中身が飛び出していた。

部屋の隅には、書き物をするための卓と椅子があり、椅子はひっくり返っている。卓はそれなりの大きさがあるので倒れてはいないが、上に置かれた花瓶と水差しが倒れ、零《こぼ》れた水が床に水溜りを作っていた。

その近くには、転がり落ちて割れたであろう、硝子杯《コップ》の破片が散らばっている。

卓の二つの引き出しは閉まっており、荒らされた様子はなかった。

明渓は羽毛を踏まないように気を付け寝台に近づく。

羽毛布団は手で引き裂かれ、破った時に怪我《けが》をしたのか布団が血で汚れていた。

(何者かが盗み目的で部屋を荒らしたようにも見えるけれど、引き出しは閉まったまま。まるで誰かが暴れたかのようね)

質問をしても良いか白蓮に聞けば頷くので、明渓は武官に問いかける。

「この部屋に鍵はかかっていましたか?」

「いや、もともと妃の部屋に鍵はついていない。しかし侍女達は、何があっても扉を開けないように強く言われていたらしい」

明渓達が来る前に、刑部の武官によってこの部屋は一度調べられている。侍女達からも話を聞いたようで、宮の入り口と窓は全て施錠していたそうだ。

とはいえ、明渓としては自分の目で見て、直接侍女達から話を聞きたいところ。気を悪くするかな、と危惧しながら申し出ると、武官は意外にもあっさり許可し、扉の前にいた部下を呼び寄せると何やら言伝《ことづて》をする。

今度は、白蓮が武官に問いかけた。

「俺は今朝この宮に往診に来ているが、用事があるとかで妃には会えなかった。妃はいつ頃どのような状態で見つかったんだ？」

「賢妃様が見つかったのは今から半刻《一時間》程前です。昼になっても出てこないので流石におかしいと、侍女長が扉の外から声をかけるも返事がない。何度か声をかけ扉を叩いても反応がないので心配になり覗くと、床で賢妃様がうつ伏せで倒れていたそうです。慌てて駆け寄るも脈はなく、急ぎ医官を呼びに行ったと聞いています」

　武官は寝台の前の床を指差す。その辺りに倒れていたのだろう、他の場所より羽根が踏みつぶされていて、嘔吐の跡がある。

「賢妃が亡くなった原因は分かっているのか？」

「韋弦様が来られ服毒と判断されました。しかし毒の特定にはまだ至らず、遺体を霊安室に運び吐瀉物と一緒に調べているところです」

　明渓は寝台を離れると、今度は卓に近づく。武官の許可をとり引き出しを慎重に開けると、左の引き出しには筆と紙が入っていた。数十枚ある紙を束で取り出しぱらぱら捲ってみるも、どれも白紙で遺書らしき物は見当たらない。もう一方の引き出しには、小さな箱や硯があるも、引き出しの半分程は空だった。

「あの、この引き出しに入っていたのはこれで全てですか？」

「いや、実はそこには妃の日記のような物が入っていた」

「それを拝見させて頂けませんか？」

「構わないが、青周様が持って行かれたので今ここにはない」

思わぬ名前に白蓮が反応する。

「青周様が指揮を執っているのか？」

「はい、本来は刑部の仕事ですが、貴妃様の服毒ということで青周様が指揮を執ることになりました」

「そうか、分かった。では日記については俺から青周様に頼もう」

白蓮はそう言い、再び視線を倒れていた場所に戻す。

飛び散った羽毛の上に賢妃の遺体。

これこそ『暁華《シャオカ》皇后の呪詛』ではないか、そんな不謹慎とも言える考えが明渓の脳裏をよぎった。


居間にはすでに侍女達が集められていた。

明渓が、侍女である自分がどこまで出しゃばってよいのか思案していると、侍女長から切り出してくれた。

「先程空燕《コンイエン》様が来られ、医官様と明渓さんに知っていることを全て話すよう言われました。どうぞ、遠慮なく何でも聞いてください」

武官である青周だけでなく、空燕までもが動いていることに二人は驚く。事態はそれだけ深刻なのだ。

「その前に、公主様の容体が気になるのだが、どちらにいらっしゃるのだ？」

白蓮が侍女長に問いかける。母を亡くした妹が今どうしているか、どれほど衝撃を受けているか考えただけで胸が痛い。

「淑妃様が気にかけてくださり、この宮にはおりません。暫くは淑妃様の宮で預かって頂くことになっております。立っていられないほど憔悴《しょうすい》されておりましたので、空燕様が抱きかかえ連れて行ってくださいました」

面倒見の良い淑妃がついているのであれば心強いと白蓮は思う。侍女の答えに僅かに安堵《あんど》の表情を浮かべると、白蓮は明渓を見た。

聞きたいことがあるなら聞け、とその目が言っている。

「では、最後に賢妃様を見られた時間とその時の様子、それから賢妃様が見つかるまでの間の出来事をなんでもよいので教えてください」

明渓の問いに侍女長は頷いた。

＊

実は賢妃様は最近精神的に不安定な状態が続いておりました。ちょうど、貴妃様が体調を崩され『暁華皇后《シャオカ》の呪詛』が後宮で話題になった頃からご様子がおかしかったように思います。

眠れぬ夜もあるようで、私《わたくし》としては医官様に相談したく、何度も賢妃様に進言致しましたが、聞き届けては頂けませんでした。それどころか、そのことを帝を含め、誰にも話さないように強く口止めをされました。

その代わりというのでしょうか、賢妃様は占い師を頻繁に呼び寄せ、心酔するようになりました。最後に呼んだのは二週間程前だと思います。

賢妃様が仰るには、占い師はまじないや呪詛についても詳しかったようです。もっとも私からしたら、それらは元を正せば全て同じように思うのですが。

月の満ち欠けや方角をもとに占い、お札や魔除けの石を賢妃様に手渡すのを見たことがあります。

その内、賢妃様は「今宵は暁華皇后が訪ねてくるので部屋から出てはいけない」とまで仰るようになりました。その時は、私達も夜中に部屋を出ることを禁止されたのですが、次第に頻度が増し、容体も悪くなっていくように思いました。

倒れた日の話ですが、その夜も私達は夜中に部屋から出ないよう言われておりました。

日付が変わった頃でしょうか、賢妃様の部屋から何かが割れる音や、物が倒れる音がしてまいりましたが、部屋を出るなと言われておりましたので、誰も賢妃様のもとへは向かいませんでした。

お恥ずかしい話ですが、今までにも賢妃様は夜中に気を迷われ部屋の物を投げたり壊されたことがありましたので、皆慣れてしまっていたのもあります。

とは言え、昼間になっても部屋を出てこられないのは初めてのこと。心配になり部屋の外からお声をかけたのですが、返事がございません。それで僅かに扉を開け中を覗き見ると、寝台の前に倒れているお姿を見つけました。

きっと御乱心の上、気を失くされたのだと、慌てて駆け寄りましたら……あ、あのような……どっ、どうしてこんなことに……

＊

侍女長は言葉に詰まり、嗚咽を漏らした。傍にいた侍女が手を取り椅子に座らせると、ぐったりと背もたれに寄りかかる。

明渓と白蓮はそっと目線を交わす。娯楽のためにと軽い気持ちで招いた占い師に、ここまで心酔する者が出るとは誰も予想できなかった。

白蓮の顔には悔しさが滲みでている。医官として何か気づけたのではと、後悔で強く拳を握りしめた。

その時、あの、と小さく呟く声が聞こえ、幼い侍女がおずおずと前に出てきた。

「あの、私……」

公主付きの侍女として同じ年頃の娘を雇ったようだが、肩は震え、おどおどと落ち着きがない。その様子から明渓は事情を察し優しく声をかけた。

「もしかして、賢妃様の言いつけを破って部屋を出たことがあるの？」

侍女の肩がびくりと揺れ、その後、躊躇《ためら》いがちに小さく頷く。

「大丈夫よ。そのことで誰もあなたを責めたりしないから教えて。あなたが部屋を出たのは何時？　その時何を見たの？」

侍女は青白い顔で明渓を見ると、ぼそぼそと話し始めた。

「さ、昨晩です。どうしても厠《かわや》に行きたくて。そ、そうしたら見たんです。賢妃様の部屋の窓の前に、し、白い人影がいたのです。あ、あれは暁華皇后なのでしょうか？」

震えながら蹲《うずくま》ってしまった侍女から焦らず話を聞くと、外にある厠に行った帰りに、庭で白い人影を見たらしい。それは賢妃の窓の前あたりを歩いており、侍女は怖くなりすぐに部屋に戻ったと言う。

明渓が泣きじゃくる侍女を慰めていると、白蓮が侍女長のもとに向かった。幼い侍女の話を聞き侍女長の顔は青を通り越し白くなっている。

「……失礼。脈を取らせてもらう」

侍女長、幼い侍女と順に脈を取ると、白蓮は紙と筆を取り出し何やら書きつけた。終わるとそれを近くにいた武官に渡し、急ぎ医局に行くよう頼んだ。

「気を休める薬を持ってくるよう頼んだ。他にも必要な者がいれば言ってくれ。生姜湯も一緒に頼んだので、飲めば体も温まり少しは気も落ち着くだろう。辛《つら》ければいつでも医官を呼び無理はしないように」

労《いたわ》るように穏やかな声音で話しかけ、別の宮を用意するので今宵からはそちらに移るよう促した。

明渓は感服しながらその姿を見る。幼い時から病床に就くことが多かったからだろうか、白蓮は弱っている人の心に敏感だと思う。その人にとって必要な言葉を自然と口にするのに押し付けがましくない。明渓自身も白蓮の優しさに救われたことを思い出していた。

とは言え、ただ優しいだけではない。

白蓮は案内してくれた武官を呼ぶと、侍女達の監視を言いつけた。侍女のうち誰かが賢妃を殺害した可能性は決して少なくない。

「さて、どうする？」

賢妃の宮を出ると、白蓮は明渓に聞いてきた。明渓は思案顔で指で顎を叩くも、眉間の皺《しわ》は深いまま。白蓮はその指に爪紅《つまべに》が塗られているのに気づいた。

「爪、染めたんだな」

ええ、と呟き明渓は自分の指を見る。ほんのり赤く染められたそれらは、よく見ると所々よれたりはみ出したりしていた。

「思ったより塗るのが難しかったです。先程会った侍女達は、皆さん綺麗に塗られていましたよね。本当に後宮で流行っていたのですね」

「なんだ、疑っていたのか？　妃嬪だけでなく侍女や公主達にも流行っていると言っただろう」

今年の冬は、呪詛に、蛇に、占いに、爪紅と流行り物でいっぱいだ。

「それより、何か気になることはないか？」

再び問われ、明渓は暫く宙を睨むと「賢妃様のご遺体を見たい」と答えた。

半ばそう言うだろうと思ってはいたが、白蓮としては即「是」と言い難い。毒で苦しみ暴れた結果があの部屋だとするなら、その表情は苦悶に満ちているだろう。

「……どうしてもか？　俺としてはあまり見せたくないのだが」

「私もできればそうしたいのですが、今回ばかりはそうもいかないように思います」

白蓮はやはりな、と思いながら渋々頷《うなず》く。しかし、その前に行きたい場所があるので先にそちらに向かうことにした。

二人は賢妃の宮から北に延びる広い道を歩く。野次馬の姿がないのは宦官《かんがん》が宮に戻るよう言ったからだろう。

葉の落ちきった枝を風が揺らす音だけが聞こえる中、二人は無言で歩を進めた。

後宮の最も北、皇居と塀を挟んだ位置にその宮はあった。

「……ここが淑妃様の宮ですか」

明渓が見上げる先には、立派な松の木がある。それは、この宮の歴史を語るかのように、門前に大きく枝を張らせていた。後宮で一番古参《こさん》となる第三皇子の母万姫《ワンチエン》妃の宮。冬だから花は少ないが、落ち着いた風情のある広い庭が広がっており、その中を二人は進む。

「淑妃と、空燕《コンイエン》様の元乳母であり今は侍女長をしている者だけが、俺が白蓮だと知っている」

そう説明する白蓮の目線の先に年配の侍女が現れる。まるで明渓達を待っていたかのようで、二人を見ると頭を下げてきた。明渓も慌てて礼をする。

「公主がこちらに来ていると思うが、どんな様子だ？」

「はい、先程まで大変ご乱心で、淑妃様と空燕様がずっとついていらっしゃいました。韋弦様が気持ちを落ち着かせる薬を処方してくださり、今は眠っております」

白蓮の話しぶりから、彼女が侍女長だろう。侍女長はそう話すと、二人を公主の眠る部屋へと案内した。

寝台に眠る少女はまだ幼さを残していた。顔色は青白く、唇の色も悪い。布団から出た指の爪紅だけが妙に赤く、その場にも少女にも不似合いのようで、明渓は手を布団の中に入れてやる。

白蓮は寝台の横にある椅子に腰掛け、脈を測った。脈は乱れている上に弱く、肌の色も悪い。朝も具合が悪そうだったが今はそれの比ではない。母親の死に顔は、おそらく侍女達が見せなかったと思うが、かなり衝撃を受けているのは確かだ。

起こすのは可哀そうなのでそのままにし、白蓮は侍女長に公主の身体が冷えていたので部屋を暖め布団を一枚多くするようにだけ伝えた。

霊処所に着いた時には、辺りは夕闇に包まれていた。

中には、台座に乗せられた白い布《ふさわ》のかかった箱が一つ。殺風景を通り越し殺伐とさえ感じるその部屋は、到底賢妃に相応しいものではない。

「本来、ここは妃嬪が運ばれる場所ではない。妃嬪が亡くなった時、そのご遺体は住んでいた宮に安置され弔われるのが通例だ。だが、今回はあのような状況だったからな。宦官達もどうすべきか悩んだそうだが、青周様がとりあえずここに運ぶように言ったそうだ」

そう説明し、手を合わせたあと白い布を捲る。

遺体を前にした二人は、改めて青周の判断が正しいと思った。賢妃の顔は、目を見開き苦悶の表情を浮かべたまま硬直している。手は胸元の服を苦しそうに掴み指には血が付着していた。引き裂かれた布団にも血痕が付いていたので、毒による苦しさからもがき引き裂いたのだろう。

「人間の体は死ぬと硬直する。だいたい死後三《六から八時間》から四刻程で全身が固まる。今は冬だから二日ぐらいはこの状態のままだろう。それ以降は緩解し始めるが、荼毘《だび》に付す方が先になりそうだな」

「それでしたら、いつ毒を飲んで亡くなったか分かるのですか？」

明渓の問いに白蓮が答えようとした時だ。

「白蓮様」

聞きなれた声に振り返ると、入り口に提灯を持った韋弦と青周がいた。

「韋弦、賢妃を見つけた時の硬直の程度はどうだった？　それから毒は分かったか？」

「はい、見つけた時には全身硬直していましたので、夜に服毒したと考えられます。日が変わる頃、賢妃様の部屋で大きな物音がしたという証言もありますから、その時間に毒を口にし、苦しさから暴れたと思われます。それから、毒はヒ素毒でした」

白蓮はその返答に頷くと、賢妃の遺体に顔を近づける。顔色や指先、肌の状態を事細かに確認する。

明渓は死体から少し離れた場所に立っている青周の元へと向かった。

「青周様が指揮を執られていると聞きましたが、何か分かりましたか？」

明渓の問いに青周は渋い顔をする。

「とりあえず、外部からの侵入者はいないと断言できる。許可を得て後宮に入った者も調べたが、この二週間誰もいなかった」

「では、後宮内の誰かに毒を盛られたか、もしくはご自分で服毒したということでしょうか？」

「それなんだがな。賢妃の日記を見る限り、盛られたとも自死とも言い難いのだ」

青周は手に持っていた書物のような物を明渓に手渡す。賢妃の日記だ。明渓は受け取りながら、戸惑った顔で青周を見上げた。

「……では、誰が飲ませたのですか？」

「母だ」

青周は、至極まともな顔で言う。

「……それは暁華《シャオカ》皇后という意味ですか？　まさか青周様まで『呪詛』なんて仰いませんよね？」

「そのまさか、だ。それを読むとそうとしか思えない」

柳のような綺麗な形の眉の間に深い皺を刻み、腕組みをしながら大きくため息をひとつ吐く。

「俺にはお手上げだ。日記を読んだあと、お前の意見を聞かせてくれ」

明渓は手元の日記に視線を落とす。

表と裏の表紙は厚紙に布を貼り付けた立派な物で、中の紙も上質な代物。厚みはそれほどなく、最後の数枚は白紙なのですぐに読み終われそうだったが。

「ゆっくり読みたいので、ひと晩お借りしても良いですか？」

「それは構わないが、……ところで明渓は今晩どこで寝るつもりなんだ？」

青周の問いに明渓は、はて、と首を傾げる。

その様子を見て、知らなかったのかと明渓以外が顔を見合わせた。

朱閣宮には身重の香麗《シャンリー》妃がいる。

迷信じみた慣習だが、遺体に対面した者は身が汚れている為、清めるまでは妊婦のいる宮に入れない。もっとも清めるといっても、塩を入れた湯に浸かり丸一日経てばよいだけで何か儀式があるわけではないが。

今回、東宮は報告を受けただけで、実際に動き回っているのが弟達なのもそのあたりに事情があった。呪詛の噂が飛び交う後宮での死はあまりにも不吉なため、身重の妻を持つ東宮はこの一件について距離を置いているらしい。

事情を聞いた明渓は、どうしたら良いかと暫く考えを巡らせる。

「青龍宮には空き部屋があるぞ」

「玄狼宮《げんろうぐう》は宮ごと空いている」

バチッ

小さく火花が飛ぶ。

場所を弁《わきま》えろ！　と明渓は言いたいところをぐっと堪《こら》える。胸には蔵書宮の鍵があるので、火鉢を借りてそこで過ごそうかと考えていると、意外な人物が手を上げた。

「あの、その事ですが……」

皆の視線が韋弦に集まる。その圧力に韋弦は思わず三歩退く。

「淑妃様からの伝言です。明渓は今宵淑妃様の宮で預かる、とのことです」

「まて、それは！」

二人の声が揃う。今にも掴みかかりそうな勢いに韋弦はさらに三歩退き壁にぶつかった。

「空燕様はご自分の宮に帰させるから心配はいらないと、お二人にも伝言を預かっておりますっ‼」

再び淑妃の宮に戻った明渓を迎えてくれたのは侍女長だった。

「この部屋にある物は自由に使って良い。廊下の奥が厨で、粥と煮物が残っているから腹が空いているなら食べるように、洗い物なら厨の外に水場がある」

「分かりました。申し訳ありませんがひと晩お世話になります」

明渓は、侍女長に深々と頭を下げる。

時刻は、戌の刻《午後八時》。淑妃は疲れて既に寝室に入っていたので、挨拶は明日ということになった。

言葉だけ聞けばきついかも知れないけれど、さばさばとした口調でただの侍女として扱ってくれるので明渓にとっては居心地が良い。

部屋に案内されたあとは、清めなさいと言われたのでまず湯浴みをした。

厨で少し冷めた粥と煮物を食べ、後片付けをすると、寝台に二つの本を並べる。

一つは賢妃の日記。

もう一つは毒物の本。

明渓は白蓮から借りた毒の本を手に取る。父との約束を破るのは躊躇われるけれど、必要なところに付箋《ふせん》を挟んで貰ったからそこを読むだけだと心の内で言い訳をした。

白蓮から聞いても良かったのだけれど、文字を読めば一言一句間違えることなく記憶に刻むことができるので、本を借りることにしたのだ。

付箋の部分を開け、文字を目で追っていく。

ヒ素毒。

急性と慢性で症状が異なり急性の場合、吐き気や腹痛、意識障害やけいれん、不正脈の症状が出る。慢性の場合は、手足のしびれや貧血、爪の変色、痩せるなどの症状があると書いてあった。

（賢妃様は急性にあたるのよね？　ヒ素はどうやって後宮に持ち込まれたのかしら？）

疑問を一旦記憶の端に留め置き、次に日記を手に取る。

表紙をひと撫でした明渓の手が止まった。暫くそのままじっと日記を見つめる。何度か指先を表紙に這わせたあと、やっと紙を捲った。

こちらは始めから読んでいく。日記と聞いていたが、正確には胸の内の不安をただ書き綴《つづ》っただけで、文脈は無茶苦茶だった。

『占い師にこの日記を渡された。胸の内に仕舞っている誰にも言えぬことを書き記し彼女に渡せば、清め憂いを祓《はら》ってくれるらしい。

どこまで真《まこと》か分からぬが、もう一人では抱えることができない。

後宮内は『暁華皇后の呪詛』の話で溢《あふ》れている。

きっと次は妾《わらわ》の番だ。

しかしあのことは、誰にも話せない。あの占い師は唯一残された救いの糸だ。

占い師の宣託通り暁華皇后が来た。
ああ怖い、怖い。白い布を頭から覆り宮の周りを彷徨っているではないか。きっとあのことを恨み妾のもとへ来たのだ。怖い、怖い、
侍女達に暁華皇后が来たと教えるも、皆信じようとはしない。それどころか、まるで妾の気が振れたかのように不安そうな顔をするばかりだ。白い布を被ってはいたが、あれは暁華皇后としか考えられぬ。しかし、暁華皇后が宮を彷徨う理由《わけ》を話すわけにはいかない。仕方がないので夜中に出歩かぬよう言うに留めた。
あれは、間違いなく暁華皇后なのに。占い師によると次に来るのは十日後。

今宵もまた暁華皇后が来た。

あぁ、でもあの時は仕方なかったのだ。

どうしてあの女が私より早く望みを叶えるのか。口惜しい……。今宵も宮の周りを彷徨っている。次は九日後だ』

あとは同じような言葉が何枚も続いていたが、どれもが曖昧《あいまい》な書き方で要領を得ない。それでも明渓は紙をめくり続け残り数枚となった。

『今夜も宣託どおり暁華皇后が来た。次に来るのは四日後。

何故、こうなった？　彼女がしていたことを真似ただけなのに。その次は三日後。さらにその次は二日後。もう無理だ。もう耐えられない。少し早いがあれを使おう
……限界だ』

これより先は、白紙だった。

明渓はパタンと日記を閉じる。

ふぅ、と大きく息を吐くと、そのままごろりと仰向けに寝転がった。天蓋《てんがい》のない、自分の部屋とよく似た侍女の部屋だ。

（あのこと、あの時、あの女……）

要領の得ない言葉が頭の中をぐるぐると巡るので、混乱を鎮めるために目を閉じる。

あまりにも沢山のことがありすぎて、疲れているのに頭が冴《さ》えて眠気は来そうにない。

この数ヶ月振り回され続けた『暁華皇后の呪詛』。

貴妃から始まり、梅露《メイルー》妃が騒ぎ立ててさらに噂は広まった。そして、白水晶に、牢舎の井戸、それから明渓自身が亡霊となった蔵書宮……

（‼）

ガバッと寝台から起き上がる。

「なぜ、あの人は知っていたの？」

ぽつりと呟く。

その瞬間、この数ヶ月の出来事が走馬灯のように駆け抜け、次いでその破片が集約しひとつの可能性を浮かび上がらせた。まるで、それら全てが呪詛の糸に絡め取られ、始めからそこに集まるよう謀《はか》られていたかのように。

しかし、確たるものはない。単なる想像、いや、妄想と言われても仕方ないもの。

そして辿り着いた可能性に明渓はゾクリと身体を震わせた。

「もしかして、『暁華皇后の呪詛』に絡まれ操られているのは、私かも知れない」

その声が、広くない侍女の寝室にやけに響き、思わずぎゅっと自分の腕で自分の身体を抱きしめた。

コンコン、窓を叩く音がし、思わず身体が跳ねた。

風の音であって欲しいと思いつつ、首だけ動かし音のする方を見る。

コンコンコン、
再び音がし、窓に人影がくっきりと映った。大きなその影を見て、安堵半分、うんざり半分の微妙な感情に顔を歪《ゆが》める。

明渓は靴を履き外套を羽織ると、窓の鍵を外しわざと勢いよく開けた。

ゴツンッ
いい音がした。ちょっとやりすぎたかと、赤くなった鼻を押さえる貴人を見て思う。分かっていてしたのだけれど。

「あら、空燕《コンイエン》様でしたか。どうされました？　こんな夜中に」

「決まっているだろう。夜這《よば》いだ」

まだ鼻をさすりながら空燕は屈託のない笑顔を浮かべる。

明渓は足元に置いていた物を握り、持ち上げた。

「うっ……ぶ、物騒な物を持っているな」

「青周様から護身用にと渡された模造刀です。死ぬことはないから手加減不要と許可を得ています」

「……さすが青周兄。俺の行動を読んでいるな」

明渓は懐から小さな包を取り出した。

「白蓮様からは、いざとなったら酒に混ぜて飲ませろと、強い睡眠薬を頂きました」

「……あんの野郎。いつの間に意気投合してんだ、あいつらは！」

膨れっ面の男を、呆れたように明渓は見る。

（どこまでがふざけているのか掴めない。でも……）

「ちょうど良かったです」

「へっ？　それって……もしかして夜這いを待ってい……」

「ちょっと退《ど》いてください」

空燕の言葉を遮ると、明渓は窓の桟に手を置きハラリと外套を翻すと、地面に音も立てずに着地した。

ヒューッと小さく口笛を吹く空燕を軽く睨《にら》むと、月明かりを頼りに歩き始める。

空燕は当たり前のようにその後を追い隣に並んだ。

「空燕様もあの日記を読まれたのですね？」

「あぁ、だから来た。俺ならメイの役に立てるだろうと思ってな」

（私が何をしたいか先読みしたってことね。やはり頭が切れる）

明渓は口に出さずそう思う。とはいえ、どこまで信頼できるか分からないので、模造刀と睡眠薬は持ってきた。念のため。

二人がやってきたのは賢妃の宮だ。明渓は真っ直ぐに進み、妃の寝室の窓の前に立つと空燕を振り返った。

「ここから、賢妃様は暁華皇后の幽霊を見られたのですね」

「ああ、そうだ。どうする？　とりあえず、一周するか」

そう言うと、空燕は持っていた提灯に灯りをつけた。目立つのを防ぐため今まで火は灯していなかったのだ。

「占い師がこの宮に何度も来たと聞きましたが、占って貰ったのは賢妃様だけでしょうか？」

「いや、全員占って貰ったそうだ」

「淑妃様の宮にも占い師は来られたのですか？」

「母は占いを信じないから……というより嫌っているから呼んでいない。うまく言いくるめられている気がして、どうも嫌らしい」

話しながらも、二人は窓の下を提灯で照らしながら歩く。最近よく雪が降るので土は湿っており、跡が残りやすい状態だった。

ほぼ半周回った頃、窓の下に四つの四角い跡があるのを見つけた。廊下を挟んで賢妃の向かいの部屋だ。

「空燕様、ここはどなたの部屋かご存じですか？」

「公主の部屋だ。何度か訪れたことがある。あっ！　やましいことはないぞ！　妹だからな‼」

成人するまで後宮で育った男児は空燕だけだ。青周も幼い頃は過ごしていたが、母親が皇后になったのを機に皇居に移り住んでいる。しかし、その後も皇子同士は行き来があり、今も仲が良いのだが。

空燕と公主は年は離れているも、上級妃を母に持つ者同士交流もあった。今、公主が淑妃の宮に居ることからも、二人の上級妃の関係が良好だったことが窺《うかが》われる。

「さすがに、その常識はお持ちと思っております。ところで宮の中に入りたいのですが」

「まかせておけ！　と言いたいところだがそれは無理だな。いくら俺でも刑部の武官の許可なく入ることはできない」

「……そうですよね」

侍女が見たという白い人影。

辛そうに眉間に皺を寄せる空燕を明渓は何も言わずに見上げた。

帰り道、空燕《コンイエン》は何も話さなかった。

明渓を部屋の窓の前まで送ると、すっと腰に手をやる。すかさず明渓は剣を構えた。

「ちょっと待て、さすがに俺もこの状況で下心なぞないわ。抱えて部屋に戻してやろうとしただけだ」

「…………」

「だから模造刀を置け。ほら、手を貸すから……」

言い終わらないうちに、明渓は模造刀を部屋に投げ入れひょいっと身体を持ち上げ中に入る。

普通の娘には到底真似できない身のこなしだ。

では、おやすみなさいと言おうとしたところで、真剣な表情の空燕と目が合う。

「俺にできることはないか？」

辛そうなその声に明渓は一瞬黙ったのち、少し待ってくださいと言って寝台に置いたままだった日記を手に取った。

「これを、ある人に届けて頂けませんか」

「これをか？」

空燕が怪訝《けげん》な表情で見返してくる。明渓は小さく頷き、さらに頼みを付け加えた。

「……なあ、メイには何が見えているんだ？」

人の心に切り込んでくるような鋭い目線を受けながら、明渓は首を振る。

「まだ、分かりません。私の妄想が真実なら、もしかしてこれは本当に呪詛かもしれません」

明渓の答えに、空燕は日記を持つ手に力をこめた。呪詛が恐ろしいのか、目の前にいる女が怖いのか、もう何も聞かなかった。


朝、明渓は身支度を整えると侍女長に二通の文を見せ、これをある人達に届けたいと頼んだ。侍女長はすぐに近くにいた侍女にその文を渡し、指示をする。

（かなり協力的なのに、何も聞いてこない。きっと私が何をしているのか分かっていらっしゃる）

それなら、話は早い。淑妃様に挨拶をする際、聞きたいことがあるので時間を頂けないかと申し出ると、それもすぐに受け入れてくれ、侍女長は明渓を淑妃の自室へ案内してくれた。寝室と続き部屋となっているその部屋は、よく使いこまれた上品な家具で統一されている。長年丁寧に使ったからこそ出る風合いや艶は明渓の実家と似ていて、妙に落ち着いた。

頭を上げるよう言われ、初めて淑妃と目が合う。小柄で、丸顔のふんわりと笑う穏やかな女性だった。目鼻立ちも小さく、目立つ顔立ちではないけれど、それが彼女の持つ柔らかな雰囲気によく似合っている。

「一度あなたと話をしたいと思っていたのよ」

そう言ってクスクスと思い出し笑いをした。

「侍女だと思っていたら、妃嬪の姿で後宮を走り抜けるんだもの。帝が仰っていた、息子達がちょっかいを出している変わり者の妃嬪はこの娘ねってすぐ分かったわ」

後宮にいた頃、侍女姿でうろうろしていたことも、紫陽花《あじさい》の押し花を見て珠蘭を探すべく洗濯場へと走ったことも淑妃は知っていた。さすが後宮を纏《まと》めるだけのことはある。おまけに青周や白蓮とのことも知っているようで、なんともいたたまれない。

（そう言えば昨晩、空燕様が淑妃様は一度見た顔は忘れない、と仰っていたけれど本当ね）

作り笑いを浮かべたいが頬が引きつりうまくいかない。でも、この人なら分かるのではないかと期待も湧く。

「で、私に話があると聞いたけれど何かしら？　恋の相談は私の十八番《おはこ》よ、息子はあまりおすすめ出来ないけれど」

（……空燕様の評価はどこでも一緒なのね）

少し同情しつつ大きく納得する。明渓は小さく深呼吸をしてから、真っ直ぐに淑妃を見た。

「暁華《シャオカ》皇后が、牢舎に入れられた事件について詳しく教えて頂けませんでしょうか」

問いが予想外だったのだろう。小さな目を見開き、息を止めて暫く明渓を見返したあと、分かったわ、とはっきりとした口調で答えてくれた。

「十五年以上前の話だけれども……」

当時を思い出すように、淑妃は話し出す。

賢妃の侍女であった金英《キンエイ》が帝のお手付きになったことから全ては始まった。

どうやら妃嬪のように気取った所がない娘に興味を持ち、安らぎを感じたようだ。帝は金英を妃嬪に召しあげ、中級妃とし宮も与えた。侍女が妃嬪になることは、主人である賢妃の権力を強めることに繋がるので、賢妃は宮の準備にも進んで協力をしていた。

中級妃になってすぐに金英妃は身籠《みごも》った。当時帝の子供は三人。まだまだ、世継ぎや公主が欲しかった帝は喜び、その年の春の園遊会は例年より盛大に行われた。上級妃に加え、中級妃である金英までもがその宴に参加することに。

園遊会が開かれた桃園は霊宝堂の近くにある。霊宝堂の前を通り過ぎ、暫く行くと緩やかな坂があり、それを上れば桃園に辿り着く。

しかし、霊宝堂から桃園に行くにはもう一つ近道があった。霊宝堂の裏側にある急な階段を上れば、すぐそこが桃園だ。

どうして金英妃がそこに向かったのかは分からない。子を宿しているとはいえ、元は侍女。上級妃達に嫌味を言われたのか、その雰囲気に気圧《けお》されたのか。兎《と》に角、人混みを避ける内にその場所——階段の上——に辿り着いた。

園遊会も終わりに近づいた頃、ぎゃーッという悲鳴と、ドンドンドンと階段を転げ落ちる音が響いた。何事かと皆が慌てて駆け寄った時には、金英妃は階段の途中にある踊り場に倒れていた。

下まで転がり落ちなかったので、金英妃自身は骨折だけだったが腹の子は流れてしまった。

金英妃に聞けば、誰かに背を押されたと言う。

刑部の武官が園遊会に参加していた者達に話を聞くと、賢妃の侍女が「暁華《シャオカ》妃が金英妃の背を押すのを見た」と証言した。その侍女の髪は珍しい赤毛だった。

暁華妃は勿論否定したが、聞き届けられることはなく牢舎に幽閉されることに。

しかしその後、思わぬ所から暁華妃の無実が明らかになる。

証言した侍女が、階段を転がり落ちる音がしたとき、霊宝堂の横の茂みで宦官と密会しているのを見たと言う者が現れたからだ。その場所から階段は見えない。

その話を耳にしたのが、当時元服前の東宮。しかし、誰が見たか名前を決して言おうとしない。ただ、ひたすら赤毛の侍女を詰問してくれと頼むばかり。

そのため、初めは誰も耳を貸さなかったが、苛立《いらだ》ちを感じた東宮はとうとう自分が問い詰めると言い始めた。

そこまで言われては仕方がないと、刑部の者がやっと動き調べると、赤毛の侍女と宦官が恋仲であったことが分かった。その上で、さらに問い詰めたところ赤毛の侍女の偽証が発覚する。

偽証の理由は、暁華妃が賢妃や金英妃を目の敵にし何かと騒ぎを起こしていたので、彼女がいなくなれば主人達も穏やかな日々を過ごせるようになると思ったから。

本来なら厳しい処罰が下るところだが、賢妃の強い口添えもあり侍女は後宮追放だけで済んだ。

暁華妃が賢妃達に対し嫌がらせをしていたのは事実で、赤毛の侍女に対して同情を抱く者が少なくなかったのも処分の甘さへと繋がった要因らしい。

結局、誰が背中を押したかは分からず、金英は身体が治ると亡くなった子を偲《しの》びたいからと出家を申し出た。

淑妃は話し終えると、侍女を呼びお茶をひとつ用意させる。

明渓の分がないのは、あくまで侍女として対しているという証《あかし》。侍女でありながら、そのように扱われないことも少なくない明渓にとって、大変好ましく居心地が良かった。

「何か他に聞きたいことはあるかしら？」

あると言えばある。服毒死に関わることではないが。

「赤毛の侍女の偽証を告発したのは、もしかして……」

言いかけた明渓の言葉を遮るように、扉が叩かれた。淑妃が応えると貴人が入ってくる。

「お話し中のところ申し訳ありません。そちらの侍女に用があるのですが、宜しいでしょうか？」

「構わないわ」

青周は明渓に歩み寄ると何やら囁く。明渓は黙って頷きながらその話を聞くと、分かりましたと答えた。

「ところで、今、淑妃様から暁華皇后が牢舎に入った事件について伺っておりました。なんでも、赤毛の侍女の偽証を告発した人がいたそうですね」

明渓が青周を見上げると、微《かす》かに黒曜石のような瞳が左右に揺れる。

「それは青周様と空燕《コンイエン》様ですよね。お二人は忍び込んだ霊宝堂の換気窓から赤毛の侍女と宦官の密会を目撃した。違いますか？」

明渓は換気窓から頭を出したことがある。目の前には低木が植えられ、そこから階段は見えなかった。

えっ、と小さな声を上げたのは淑妃だ。

青周はばれてしまったかと頭を掻く。

「おそらくお二人は子供だったので、事件については詳しく知らなかったのではありませんか？」

「そうだ。偶然見た密会を興味本位で東宮に話すと、急に血相を変えいつ頃だと聞いてきた。だから、霊宝堂の裏で大きな物音がした頃だと答えると、今度は頭を抱え始めてな」

階段が見えなくても距離は近いので、人が階段を転げ落ちる音や悲鳴は充分聞こえる。

東宮もまさかこんなところから大事な証言が出るとは思わなかっただろう。そして証言をした弟達は、それがどれほど重大であるかを理解していない。

「東宮が、赤毛の侍女の密会を告発した人について何も言われなかったのは、目撃したのがお二人だったからですね」

「その通りだ。母の子である俺の証言では誰も信用してくれない。空燕が一緒といっても所詮子供。だから、俺たちの名を出さずに東宮は侍女の偽証を証明しなくてはいけなかったらしい」

東宮が事件のあらましを弟達に話したのは、二人が元服してから。後宮の嘘や悪意を幼い弟達に知らせたくなかったのだろう。

明渓の話を聞いていた淑妃は、全くあの子ったら……と小さくため息をついた。


淑妃の部屋を後にした明渓は、青周に頼みごとがあると切り出した。

「青周様、私はこれから公主様に会いに行きます。それで、賢妃様の宮でひとつ確かめて頂きたいことがあるのですが」

青周は明渓の頼みに直ぐに頷いた。この事件の責任者は青周、彼なら許可なく賢妃の宮に出入りできる。

「では、私は蔵書宮で待っています。白蓮様、空燕様ともそこで落ち合う約束をしていますから」

「……お前、俺達を手足のように使っていないか？」

身を屈め、じとっと睨んできた。心当たりしかない明渓は慌てる。

「……と、とんでもないことでございます！　わ、私は権力のないただの侍女、皆様のお力を頼らなくては何もできません」

一瞬の沈黙を誤魔化すように早口で捲《まく》し立てた。

頭と手もふるふると振ってみるが、青周の目線は冷たい。

「……まぁ、お前にならら利用されても良いが」

青周はふっと視線を和らげると、明渓の頭にポンと手を置き、賢妃の宮へと向かって行った。


蔵書宮に一番に現れたのは白蓮だった。次いで青周が賢妃の宮から証拠の品を持って来て、その僅《わず》かばかり後に空燕が現れた。

「空燕、お前が手下の中で一番最後だぞ」

「青周様、その言い方はやめてください」

「いっそのこと、俺は下僕でいい」

「白蓮様、目を潤ませないでください」

「メイ、知ってるか？　東の島国の童話に、綺麗な姫が求婚者に無理難題を言って宝を持ってこさせる話があるんだ」

「私は月に帰りませんし、無理難題も申していません。むしろ巻き込まれているのは私の方です」

三者三様でふざけた言葉を口にする。

でも、重苦しい空気を誤魔化すためなのは明らかだった。


口火を切ったのは白蓮。

「明渓、なぜあの占い師が金英だと分かったんだ？」

三人の視線が明渓に集中する。

「昨晩、思い出したのです。彼女に初めて蔵書宮で会った時のことを」

明渓は少し先の棚を指差す。

「あそこで会った時、彼女は『こんな所で皇居の侍女に会うなんて珍しい』と言ったのです。後宮の侍女と皇居の侍女では服の色が違います。でもそれを市井《しせい》の占い師が知っている筈《はず》ありません」

つまり、占い師は以前後宮にいたことがある。かつて後宮にいた者が身分を隠し再び後宮に現れ、その結果、呪詛を恐れ占いに没頭した賢妃が亡くなった。

その時点ではまだ、占い師が誰かは分からなかったが、貴妃の死に関わっている可能性が高いと思われた。

だから、朝、文を二通書いた。

一つは青周に占い師の身柄を確保して欲しいと。

しかし、淑妃の宮に来た青周によると、占い師は既に姿を消していた。

もう一つは白蓮に、占い師が誰なのかを知るために絵姿を手に入れて欲しいと頼んだ。

「梅露《メイルー》妃様に聞けば、シジュウカラの姿絵を描いたのが誰か分かります。占い師は殆どの宮を訪れていたので、絵を描いた者も面識があるはず。ですから、その者に占い師の姿絵を描いてもらえばよいと思いました」

占い師は堂々と後宮を訪れていた。近年は妃嬪の入れ替わりが激しく、昔からいる者は僅かしかいない。年を経て容貌が変わった自分に気づく者はいないと思っていたのだろう。それに、一度「占い師」という先入観を与えてしまえば、直ぐに金英と結びつけるのは難しい。

淑妃は一度見た顔を忘れない。だから、その姿絵を見て貰ったところ、暫く考えたのち、記憶よりは随分ふっくらしているけれど金英の面影があると教えてくれた。

明渓は空燕から日記を受け取る。でも、まだ日記を見ていない白蓮が手を伸ばしてきたので、それを手渡した。

「金英は暁華皇后が来る日を宣託した上で、この日記を賢妃様に渡しました」

初めは十日後、次は九日後、どんどんその間隔を縮める。間隔が短くなるに連れ、賢妃の恐怖心は増していっただろう。真綿で首を絞めるかのように、その宣託はじわじわと賢妃の精神を追い詰めて行った。

「この日記には、白い布を纏《まと》った暁華皇后を見たと書いてあります。その布が、青周様にお持ち頂いたものです」

「これは公主の部屋にあった」

青周が卓に広げた布は、端の方が土で汚れていた。感情を殺そうとするも、眉間《みけん》には深い皺が入っている。

「先程、公主様にお会いし幾つかお話を聞くことができました。公主様も金英に会われたそうです。そして、母親を救いたかったら魔除けの白い布を頭から被り、経を小さく唱えながら宮の周りを歩くよう言われたと仰っていました」

賢妃は「暁華皇后が来る」と言った際に皆に不審がられたため、それ以上は詳しく話さなかった。

だから公主はまさか自分の行いが母親を苦しめているなど、露程にも思わなかったのだ。

明渓が夜中に公主が出歩いていると思ったのは土についた四角い跡を見つけたから。青周に調べて貰ったところ、やはりその跡は公主の部屋にあった椅子の足と一致した。椅子の足には土もついていたそうだ。

窓枠を越えるのは、裾の長い服を着ている女性《にょしょう》にとって通常不可能。裾を踏んで転げ落ちるのが関の山だ。もちろん明渓は例外だが。

だから公主は窓の外に椅子を置き踏台とした。

三人の兄は汚れた布を見ながら、辛そうに眉を顰める。

公主は母を思う気持ちを利用されただけ、誰も真実を話はしないだろう。


白蓮が日記を卓に置いたので、明渓はそれを手にする。

「暁華皇后の幽霊の正体は分かりました。次にどうやって賢妃様に毒を飲ませたのか、ですが。暁華皇后が来る日は四日後、三日後と徐々に間隔が短くなっていきます。金英は『最後の日に、暁華皇后は目の前に現れ、賢妃様を殺す。死にたくなかったらこれを飲めば良い』と魔除けの薬と言ってヒ素毒を渡したのではないでしょうか」

その言葉こそまるで呪詛ではないかと明渓は思う。

後宮には「暁華皇后の呪詛」の噂が流れていた。その噂を恐れる賢妃の心に付け入り、毒を飲むように仕向ける。賢妃は暁華皇后の呪詛ではなく、金英の呪詛によって殺されたのだ。

しかし賢妃が恐怖のあまり、最後の日が来る前に毒を飲んでしまったことは金英にとって誤算だった。姿を消したとはいえ、おそらくまだ遠くまで逃げていない筈《はず》。

「しかし、どうして金英は賢妃をそこまで恨んでいるんだ？　かつての主《あるじ》だし仲は悪くなかったのではないか？」

白蓮の問いに明渓は首を振り日記に目をやる。

「この日記には『でもあの時は仕方なかった、どうしてあの女が私より早く望みを叶えるのか』とあります。早く望みを敵えるとは、子を身籠《みごも》ることでしょう」

「なるほど、自分より早く身籠った侍女に嫉妬していたということか、ではあの時とはなんだ？」

「おそらく、金英が階段から落ちた時ではないかと。それについては空燕様に頼んだのですが、うまくいきましたでしょうか？」

空燕はよれた紙を数枚懐から出す。

日記の布表紙には細工の跡があり、それは紅花《ホンファ》の実家で見た屏風と似ていた。張り合わせた布と布の間に何かが挟まっているのに気付いた明渓は、空燕に紅花の実家に行き、挟まっている物を取り出して貰うよう頼んでいたのだ。

それは、金英の告白文だった。

＊

占い師なんてやっていると、人様の口にできない秘密を耳にすることも多い。

大抵の人は話を聞いてやるだけで、肩の荷がおりたような表情をする。抱えた秘密が大きければ大きいほどそれは人の心に重く伸《の》し掛かり、おろす場所を無意識に探すようになるのだろう。

そのことに気づいたとき、あの女も同じではないかと思った。しかし、上級妃の矜《きょう》持《じ》として占い師に真実を話すとも思えない。だから私はこの日記を渡した。自身の手で自分のした悪事を書かせるため。そしてあの女が死んだ後、誰かがこれを見つけることを願って。

ただ、あの女の性格を考えれば、日記にすら詳細を書かないかもしれない。だから念の為ここに書き残す。

私が初めて帝に会ったのは、笙鈴《ショウリン》が中級妃として後宮に入内してすぐの頃。帝は侍女の私になんて見向きもしなかったけれど、私は自分の胸の高鳴る鼓動が周りに聞こえないかとハラハラしたものだ。

帝は頻繁に笙鈴のもとに通い、半年後には笙鈴に「賢妃」の位を与えた。異例の早さだったのは寵愛の深さだけでなく、彼女の父親が重役に就いたことも関係している。賢妃となった彼女のもとに、帝はこれまで以上に頻繁に通うようになった。

東宮様を産んだ皇后様が体調を崩しているのもその要因の一つ。

皇后様、淑妃様、徳妃様には一人ずつ男児がいる。皇后様より先に淑妃様と徳妃様が二人目の男児を産めば将来的に東宮様の立場が危うくなり、後継者争いの火種となる可能性が出てくる。それを懸念した帝は二人の宮を訪れることを避け、代わりに賢妃を訪れるようになったのだ。

それに対し、徳妃様である暁華《シャオカ》妃様は、帝が訪れないことにいら立ち、頻繁に賢妃に嫌がらせをするようになった。

帝が私を妃嬪に召し上げてくださったのは、賢妃への嫌がらせを分散させるためだったのかも知れない。でも、私はそれでも良かった。ずっとひた隠しにしていた思いが叶うなら、例えどんな思惑であっても傍《そば》にいたかったから。

賢妃は後宮に妹分ができ、こんなに頼もしいことはないと喜んでくれ、その笑顔に私は心底ほっとしたものだ。

中級妃となって一ヶ月余りが過ぎた頃、月の物が止まった。

医官に知らせると、断言はできないが身籠っているかも知れないと言う。季節は冬だったので、身体を冷やさぬよう外出を控えた。

そんな私の変化に一番に気づいたのは賢妃だった。外出もせずお茶会にも出ない私を心配し訪ねて来てくれた賢妃に正直に話すと、一瞬言葉を失ったあと大輪の花が咲いたような笑顔で「おめでとう」と言ってくれた。その一瞬の間に浮かんだ険しい表情が気になったものの、身体を温めるようにと綿入れや火鉢、ひざ掛けを贈ってくれたので、私はてっきり懐妊を喜んでくれているのだと思っていた。

私は気づけなかったのだ、彼女の心の内にどんどんたまっていく黒い澱《おり》に。

思いを寄せ続けた人の子を宿し浮かれていたのだろう、少し考えれば分かることだったのに。


春になり少し腹が目立つようになってきた頃、桃園で開かれる宴に参加しないかと帝が誘ってくださった。上級妃と同じように扱ってくださることに感謝し、喜び出かけた私は愚かだった。侍女として後宮に入った私はあまりに若く無知で、身分が低いにも関わらず帝の子を身籠った女に向けられる妬《ねた》みが如何《いか》程か知らなかったのだ。

徳妃様は私を呪い殺すような目で睨んでき、他の妃も遠巻きにひそひそと言葉を交わすだけで、誰も私に話しかけてこない。そして何より、賢妃すら私から距離を取っていることに衝撃を受けた。

それでも宴の始めの頃はまだよかった。帝が気遣ってずっと傍にいてくれたので心細い思いをすることもなかった。でも、帝も私にばかり構ってはいられない。そのうち皇后様と東宮様を連れて桃園の奥の方に散歩に行かれてしまった。

一人になった私に向けられる視線は冷たく、人目を避けるよう歩くうちに古い石階段の上に辿り着いた。人気のないその場所にほっとしたその時だ。

どん、と背中を押されると同時に身体が宙に浮いた。

そのあとすぐに全身に痛みが走り視界がぐるぐると回る。

何が起こったのか分からず、身体が止まったと同時に激しい腹痛が私を襲った。揺らぐ視界の中に石階段の上に立つ人影がぼんやりと見えたけれど、すぐに私は意識を失った。

目覚めた時には腹に子はいなかった。折れた腕を処置してくれた医官に淡々と告げられ、気付けば涙が零《こぼ》れていた。

妃としての地位が欲しかったのではない。ただ、愛した人の傍にいて、子を産みたかっただけ。でもその望みを叶えるには、後宮はあまりに沢山の思惑と憎悪と嫉妬に溢れていた。

帝は私を押した人物を必ず見つけると約束してくれた。でも私はそれより、子が亡くなったことを一緒に嘆いて欲しかった。

徳妃様が捕まったと聞いた時はやはり、と納得するもそれは冤罪《えんざい》だった。それから先も帝は犯人を探してくれたけれど、結局見つからなかった。

そして次第に帝の足が遠のき始めた。もしかしたら、上級妃をないがしろにしていたことに、彼女達の父親から何か言われたのかも知れない。父親は高位の役職についているので、帝と言えどそうそう無視できないでしょうから。

子供を失ったことも悲しかったけれど、帝が宮を訪ねてくる回数が減ったことが私の苦しさに拍車をかけた。仕方がないことだと理解しつつ、後宮での自分の地位を思い知らされ、帝の変化に失望した私は出家を申し出た。もうこれ以上後宮には居られなかった。

静かに亡くなった子を弔いたいという私の願いは、あっけないほど簡単に叶えられ、これですべてが終わるはずだったのだ。

私が入った尼寺は訳ありの女たちの駆け込み寺に近いものだった。そのためか、悩みを相談に訪れる女性があとを絶たず、そのうちの幾人かはそのまま尼となった。尼の中に占いを生業《なりわい》としていた者がいて、私は彼女から占いを教わった。彼女曰く私には才があるらしい。

そのうち、仲間内だけでなく相談に来る女も占うようになった。

ある日、寺を訪れてきた女を見て私はびっくりした。賢妃のもとで一緒に働いていた赤毛の侍女だったのだ。

長年の寺での暮らしで容姿を気にすることがなくなってしまった私に昔の面影はない。彼女は私に気付くことなく話し始めた。

どうやら、娘が病にかかったのは、昔自分がした悪事のせいではないかと悩んでいるようだ。悪事という言葉にごくりと唾を飲み込んだ私の前で、彼女は言葉を続けた。

「昔仕えていた女性に、子を宿した女の背を押したのは、とある『高貴な方』だと嘘をつけと言われました。どうしてそのような嘘をつく必要があるのだろうと戸惑う私を、彼女は『密会を知られたくなければ言うとおりにしろ』と脅してきました。

私は彼女に、そんなことをしても『高貴な方』は否定するだろうし、本当に押した犯人が見つかった時はどうすれば良いのかと聞いたのです。すると、押した人物は見つからないと笑うではありませんか。その狂気じみた笑みを見て、私は彼女が押したのだと確信いたしました。でも、弱みを握られている身で断ることなどできるはずもなく、仕方なく偽証しました」

その話を聞いて、私は目の前が真っ暗になるような衝撃を受けた。

普段から私のことを妹のように気遣ってくれていた賢妃が背中を押したなんて。子を流し落ち込んでいた私を姉のように心配し、付き添ってくれたのも彼女だったのに。その後後宮がどうなったのか、昔の知り合いに文を書いたところ、無事に女の子を産んだと教えてくれた。

許せないと思った。賢妃も、その娘も。

私を陥れた彼女が得たものすべてを壊してやろうと思った。

だから私は彼女に呪詛をかけた。

「暁華皇后が貴女を殺しにやってくる」と。

始めは十日後、次は九日後……。

恐怖におびえる賢妃に、私は白い包を見せながら言った。

「最後の日にこれを飲めば、呪詛は解ける」

その言葉が、彼女を絡める呪詛となるようだ。

告白文を読み終わった時、蔵書宮の扉が開いて武官が入ってきた。

「占い師を捕らえました」

その報告を受け青周はひと言分かったと言い、表紙のない日記と金英の告白文、それから白い布を持って立ち去って行った。

すでに告白文を読んでいた空燕《コンイエン》は、淑妃の宮に向かいここにはいない。口調の軽さとは逆に、兄妹思いの深い情のある漢《おとこ》だ。公主が気がかりだったのだろう。

残された二人は、椅子の背もたれに身体を預ける。

「……これで暁華《シャオカ》皇后の呪詛は六個目だな」

白蓮がぼそりと呟いた。

「もう、呪詛は出てこないと思います」

明渓はそう言いながら窓の外の夕闇を見る。日が沈んだのだろう、闇がどんどん深くなっていく。

「どうして謎を解いても呪詛が広がり続けるのかずっと不思議だったんです。初めは後宮の人間が面白半分で広げているのだと思っていました。多分それもあったのでしょうけれど、故意に『暁華皇后の呪詛』として広める人間がいなくてはここまで浸透しなかったと思うのです」

貴妃は、咳の原因が呪詛ではなく鳥の羽根だと知っている。

梅露《メイルー》妃は、彼女自身は呪詛を貫くかも知れないけれど、周りの侍女や蛇にかまれた宦官達は原因が呪詛でないことを知っている。

白水晶にしても、牢舎の井戸にしても、何が原因だったかを知っている者がいる。

それなのに『暁華皇后の呪詛』が後宮内に存在し続けたのは、誰かが故意に広めているからとしか思えない。占い師は大抵の妃嬪の宮を訪れている。彼女の口から聞く『呪詛』の言葉は他の者より真実味があるように響いただろう。

「金英は『呪詛』の噂を広め、賢妃の不安を煽《あお》り、つけ込み、操り、毒を飲ませた。そう考えると、明渓が言うように、賢妃は呪詛で殺されたのかも知れない」

白蓮は腕組みをしながら暗くなってきた蔵書宮の天井を睨んだ。明渓は、念のためにと白蓮が持ってきた提灯に灯りをともす。

提灯の周りだけがふわりと明るくなり、それに反して灯りの届かない場所が急に闇に包まれたように暗くなった。

「操り人形《マリオネット》って知っていますか？　両手両足に糸がついていて、それを操り動かす西洋の人形です」

唐突に明渓が話し始めた。

白蓮に問いかけているのだろうが、独り言のようにも聞こえる。

「そもそも、『暁華皇后の呪詛』が始まったのは占い師が来る前。彼女はそれに便乗しただけです」

それはただの偶然だ。誰もそこまで操ることはできない。

「でも、呪詛のひとつでしかなかった霊宝堂の換気窓や、牢舎の井戸は金英の事件に繋がっていました。それにあの告白文を見つけられたのは、遺言状探しを手伝ったからです」

「明渓、すまんが何を言いたいのか分からない」

卓の上に置かれた明渓の手は固く握りしめられ、白くなっている。白蓮はそっと優しくその手を包む。

「今回の事件、私自身も一つの破片《ピース》のように思えてしまうのです。私がいなければ、もしかして事件は解決しなかったかも知れない」

「確かにそうかも知れない。少なくとも金英の告白文は見つけられなかっただろう」

「解決したことで、暁華皇后を陥れようとした賢妃様の悪事が暴かれました。白蓮様、私はまるでそうなるように暁華皇后に操られていたように思えてしまうのです」

それはまったく根拠のない妄想。そんなことは分かっている。ただ、なにやらひたひたと背筋が冷える、それだけだ。

どれだけそうしていただろうか。

明渓は、はぁ、と小さくため息を吐いた。全ては考えても仕方ないこと。ただ、自分を纏《まと》っている空気がいつもより少し濁って重い気がする、それだけだ。

握りしめていた拳は白蓮に優しく包まれ、いつのまにか緩み解《ほど》けていた。指先の赤い爪と白蓮の自分より少し大きな指が、揺れる灯りの中で重なっている。

明渓はぼんやりと赤い爪を見ていた。

（初めて爪紅《つまべに》を見たのはいつだったかしら……）

なぜかそんなことが気になった。

そう、あれは月明かりの下。蔵書宮で。

（‼）

明渓は勢いよく顔を上げた。その顔は青ざめ目は大きく開いている。

「そうだ、あの時！」

「どうしたんだ急に？　まだ何かあるのか？」

戸惑う白蓮をよそに、明渓は自分の爪を見る。そしてもう一方の指で顎《あご》を叩き始めた。

白蓮は規則正しく動く赤い爪を目で追う。

「……白蓮様！　後宮で爪紅が流行り出したのは占い師が来てからではありませんか？」

「あぁ……。確かに、言われてみればその頃だと思うが、それがどうしたんだ？」

「あの占い師の爪も赤かったのです」

明渓の掌《てのひら》の皺をなぞる占い師の赤い爪。それを見たのはこの場所ではないか。

意味が分からず、首を傾げる白蓮に明渓は早口でまくし立てた。

「ヒ素の中毒症状の特徴的なものとして爪の変色や萎縮があります。爪紅を塗っていたらそれらは分かりませんよね？」

……‼　白蓮が椅子を倒し立ち上がる。

「賢妃の公主……いや、彼女だけではない。公主達全員が最近体調不良だって……」

そんな話を韋弦としたことを思い出す。

占い師がまじないじみたことを口にして、公主達にヒ素毒を渡していたとしたら。それを毒と知らずに口にしていた可能性は？

「明渓、俺行かなくちゃ‼」

そう言って、白蓮は蔵書宮を飛び出して行った。

明渓は提灯の頼りない灯りに照らされながら、白蓮が出て行った先をぼんやりと見る。金英の憎しみが後宮すべてに及んでいた、それは考えすぎだろうか。

「もしかして、これが七個目？」

明渓は自分の指を見る。桃の花が咲く時期にはまだ早いのに、どうして爪紅を塗ったのか、その理由が思い出せない。でも、そのおかげで公主達が、後宮が救われるとしたら。――暁華皇后の呪詛とは、本当は何だったのだろう。

11　終話

（美味《おい》しい）

火鉢で温めた酒を片手に、本を捲《めく》る。

目の前に広がるのは、真っ白な雪景色を背景に咲き誇る椿の花だ。

公主達を助けた褒美に何か欲しいものはないか、と帝に聞かれた明渓は一冊の本を取り出した。養心殿に呼ばれた時からこんなこともあろうかと、今回はあらかじめ欲しい物を考えていたのだ。

「これを作ってください‼」

そう言って明渓が開いた本に描かれていたのは東の島国に伝わる『かまくら』だった。

目を輝かせ何やら熱心に説明する様子に呆気《あっけ》に取られている帝の横で、すっかり慣れた東宮は興味津々と本を覗き込む。そして、明渓の休日に合わせてかまくらが作られた。

霊宝堂の換気窓の横に……。

場所については、明渓の希望ではない。むしろ、その場所に作られた偶然に顔を歪《ゆが》めたぐらいだ。

明渓が望んだのは、誰にも邪魔されない場所に作られた一人用の小さなかまくらだった。その中に火鉢を持ち込んで本を読もうと思っていたのだ。

しかし、東宮は万が一にもかまくらが潰れ埋もれては大変と、人の目がある場所に作ろうと決めた。

とはいえ、朱閣宮では、公主達が邪魔をする。

弟達の宮では、公務をほったらかした弟達が邪魔をする。下手したら邪魔だけでは済まないかもしれない。

ひと晩悩んだあげく、最終的に選ばれたのが常に見張りがいる霊宝堂だった。護衛の者に、時々遠目に様子を見るよう頼めばよいと考えてのこと。

ただ、詳しい場所については景色の良い所としか指示を出さなかったため、換気窓の横に咲く満開の椿の隣に作られてしまったのだ。

何か因縁めいたものを感じながらも、一度中に入ると想像以上に快適で暖かい。尻にふわふわの綿入れを敷き、いつも以上に着込んだこともあるけれど、火鉢一つでも充分に暖は取れた。

これは良いじゃないかと、本を読み始めること一刻《二時間》。

何やら人の声が近づいてきたと思ったら、貴人二人がかまくらの小さな入り口から顔を覗かせた。

「見つけたぞ！」

ニカッと笑う男の横には、澄ました顔の美丈夫がいる。

「……どちらの情報網からバレたのでしょうか？」

汚泥に沈む虫けらを見るような視線を送ると、貴人達はブンブンと首を振る。そして、容赦なく背後に隠れていた雲嵐《ウンラン》を前に突き出した。

「ごめんなさい。でも、偶然こっちに来る用事があったから……」

そう言いながら手に持つ風呂敷を前に差し出す。歳の割に小柄な雲嵐が、両手で抱えるように持っている風呂敷は丸い球状の形をしていた。

公主達が歳の割に背が高いのに、雲嵐は背も低く線も細い。聞けば東宮も背が伸びたのは元服の後だと言う。

「それは、もしかして……」

その形、大きさ、この場所。

なんだろう。嫌な予感がする。

でも、白水晶は既に空燕《コンイエン》が見つけて奉納されている……はず。東宮からはそう聞いていた。

しかし、はらりと解かれた風呂敷の中身は、果たして、白水晶だった。

「いやぁ、なかなか見つからなくてな」

「えっ？　では今、霊宝堂の中にあるのは？」

思わず霊宝堂を指差す明渓に、青周は少し気まずそうな顔をし、こめかみのあたりを指で掻く。

「あれは、割れた水晶を糊で付け、磨いて誤魔化したものだ。新しい物が中々手に入らなくてな。とりあえず帝を宥める為の応急処置だ」

「……それは空燕様の案ですか？」

「ああ、この短期間であいつのことがよく分かってきたな」

さすがだとカラカラ笑われてもちっとも嬉しくない。分かりたくて、分かったのではないのだ。

呆れ顔の青周の背後で、空燕が見守る中、風呂敷を持った雲嵐が開いた換気窓から霊宝堂の中に入って行くのが見えた。空燕が窓を覗きながら、あれこれ指示を出している。

（うん、私は何も見ていない）

ここは知らないふりを通そうと、手元の本に目線を落とす。でも、その本の上に大きな影が落ちてきた。

「それにしても、狭いな」

見上げると、上半身をかまくらの中に強引に入れた青周が、ぐるりと中を見廻している。狭い空間だ。明渓の頬に絹糸のような髪がサラリと当たった。

「一人用ですから」

六尺《百八十センチ》を超えるご立派な体躯では、それ以上は入れませんよと暗に伝える。

「残念だな。一緒に飲もうと思って持ってきたんだが」

青周は一度かまくらの外に出ると、置いていた二本の瓶を取り出した。器用に片手で二本持つと、これ見よがしに目の前で揺らしてくる。

明渓の喉がゴクンと鳴る。葡萄酒に琥珀色の酒。

どちらも庶民には手に入りにくい洋酒だ。

自然と手が瓶に伸びるというもの。

「ほう、酒だけ取るか？」

すっと酒瓶が遠のく。

うっ、と言葉に詰まる明渓の頭に、ぽんと大きな手が置かれた。

「まあ、よい。呪詛を解決した礼も兼ねている。その代わり、つまみも全て受け取れ」

そう言うと、瓶をかまくらの隅に置き、懐から取り出した乾き物や乾酪《チーズ》やらを明渓の膝に置く。何がその代わりなのか、有り難いだけではないかと喜んで受け取っていると、名前を呼ばれた。

はい、と言って見上げた明渓の口に強引に食べ物が詰め込まれる。反射的にモグモグ噛《か》んでゴクリと飲み込んだ。ほのかに温かく美味しい。

青周はその様子を満足気に見つめて、もう一方をガブリとかじった。端正な顔に似合わず武人らしい豪快な食べっぷりだ。

ゴクンと飲み込んだあとに、浮かべた笑顔がやけに子供染みて見えた。そんな顔もするのだなぁ、と思っていると明渓が食べた方の残りを手渡される。

「なあ、青周兄、この割れた白水晶どうする？」

かまくらの外から陽気な声が聞こえてきた。見れば空燕《コンイエン》が割れた白水晶を片手で持っている。

「そうだなぁ、向こうにある池に沈めとくか」

しれっと大胆発言をする青周に、空燕が良い考えだとあっさり同意した。

(誰か止める人はいないの⁉)

と思うが、勿論誰もいない。明渓以外は。はぁ、とため息を吐き、渋々二人の会話に口を挟む。

「あの、お二人とも、それは流石《さすが》にまずくありませんか？　何代かあとの子孫が頭を抱えてしまいますよ」

青周と空燕は顔を見合わせると、何やら意味あり気に笑った。

「何、その時は、明渓の子供や孫が謎を解くだろう」

「メイの子供なら可愛いだろうな。ところで父親は俺でいいか？」

（殴っていいだろうか？）

握った拳をブルブル震わせる。

「……そろそろ一人にして頂けませんでしょうか？」

なんとか、その言葉だけを絞り出した。


騒々しいのが居なくなったのも束の間、直ぐに別の来訪者が現れた。

「どうして、わざわざこの場所に作ったんだ？」

「私の指定ではございません」

じろりと睨むその目を、うっとりとした笑みで受け止めながら白蓮《ハクレン》はかまくらの中に入ろうとする。

「ちょっ、無理です。これは一人用です！」

そう、誰にも入って来られないように、あえて一人用とお願いしたのだ。

しかし、そんな願いも虚しく白蓮は強引に隣に腰を下ろした。狭い空間で、二人の身体がピタリとくっ付く。白蓮の幞頭《ぼくとう》がちょっとかまくらに突き刺さっている、気がする。

「意外と暖かいな」

「耳元で話さないでください」

離れたいけれど、雪に身体をくっつけるわけにはいかない。そんな明渓を気にすることもなく、白蓮は手土産の焼酎を手渡した。

「ありがとうございます」

「酒は受け取るんだな」

「……白蓮様と青周様はよく似ていますね」

同じことを言われ明渓が呆れながら愚痴《ぐち》る。

言われた白蓮は「はあ?」と渋面を作った。嫌そうな口調なのになぜかちょっと嬉しそうなその顔は、空燕と仲が良いと指摘された時の青周にこれまた似ている。

兄弟の中でずっと距離を置かれていたように感じてきた白蓮だったが、今回の件で随分兄達との距離が縮まったと思っていた。青周と仲良くなるつもりはさらさらないが、能力の高さは理解している。その兄と似ていると言われれば、複雑ではあるが嬉《うれ》しくもある。

何かとちょっかいを出してくる空燕は厄介だが、垣根なく懐に入ってこられると、これまたやっぱり嬉しい。それに兄達と協力してひとつのことを成し遂げたのは初めて。今まで白蓮の中で感じていた疎外感が幾分か薄まった。

「これも明渓のおかげだな」

「何がですか？」

明渓が怪訝な顔で聞けば、白蓮は何でもないと笑って言葉を濁した。

「公主達は皆回復してきた」

「そうですか」

火鉢の隅で温めていた温石《おんじやく》と、懐に入れていた冷めた石を交換しながら明渓は答える。

あっさりとした返事だけれど、その顔には安堵が浮かぶ。優秀な医官達がついているから大丈夫だろうと思ってはいたけれど、ずっと気になっていたのだ。

白蓮は袂《たもと》から饅頭を取り出す。

「朱閣宮に寄ったら貰《もら》ったんだ。肉餡《あん》と野菜餡どっちがいい？」

二色饅頭を二つに割って明渓に差し出す。明渓の頬がひくりと引き攣《つ》った。

（やっぱり似ている）

面倒なところまで一緒だ、実に厄介なことこの上ない。

有無を言わせぬ笑顔がそこにあった。この男、結構しつこい。粘着質だ。何せ元付き纏《ストーカー》いだったのだから。いや、今もか。

「……では、肉餡で」

どうせ受け取らなければいけないなら温かいうちにと、あっさり白旗を上げ、二人揃ってパクリと食らいつく。朱閣宮の料理人が作っただけあって、素材も味付けも最高級だ。

(肉餡も美味しい)

「餡が口元についているぞ」

白蓮の手がスッと伸び、明渓の唇に軽く触れた。

そのまま指を自分の口に近づけると、唇に触れた指先ごと舌でペロリと舐《な》めとる。

その潤んだ瞳に一瞬、妖艶《ようえん》な光が宿ったように見え、明渓は思わず息を呑み戸惑いでまた動けなくなった。

「……どうしたんだ？　顔が赤いぞ。そんなに飲んだのか？」

「は、白蓮様こそ、お酒を飲まれているのですか？」

「何のことだ」

どうも調子が狂ってしまう。元服前に会った白蓮は年齢以上に常識知らずで、いや、それは今も一緒だが、それなのに時折妙に大人びた顔をしだすから戸惑ってしまう。

まるで自分の方がもの知らずの子供のように感じてしまい、どう振舞って良いか分からなくなる。

白蓮はもういつもと同じ子犬のようなあどけなさで、隣で饅頭を頬張っていた。

おろおろした自分が馬鹿のようではないかと、明渓も大口でぱくつく。

すっかりいつもの白蓮に戻っているのに、それでもまだなんとなく落ち着かなくて、どこに目線をやれば良いか分からずかまくらの外を見ると、その視線の先、咲き誇る椿の向こうに女が見えた。

真っ赤な薔薇《ばら》を抱えたその女は、柳の眉に切れ長の潤んだ瞳と、赤く艶《つや》やかな形の良い唇をしていた。傾国の美人とはこの人のためにある言葉だろう、そう誰もが思う程の美しさだ。

その美人がたおやかな笑みを明渓に向け、小さく頭を下げた。誰かは分からないが、明らかに身分が高いその姿に明渓も慌てて頭を下げる。

「明渓、何をしているんだ？」

「えっ、あの、……椿の向こうに女性がいて」

こんな所に？　と白蓮は怪訝な顔をしてかまくらの外に出る。明渓も残りの饅頭を口に入れ後に続く。

「誰もいないぞ？」

「おかしいですね。確かにいたんですよ？　傾国の美人が真っ赤な薔薇を抱えていて……」

白蓮は眉を顰め腕組みをする。

「薔薇？　この時期に？」

「はい、……変、ですよね」

今は冬。あと数ヶ月先でないと薔薇は咲かない。

「でも、いたんですよ？　物凄い美人で……あっ、目元なんか青周様そっくりで……えっ、……あれ？」

青周に似た傾国の美女、薔薇、どこかで聞いたことがある。晩年は太って、昔の面影は無くなってしまったけれど、それは……

「暁華皇后‼」

二人の言葉が重なる。

「えっ、どういうことですか？　どうして私に頭を下げて？　えっっ⁉」

「そ、そんなこと、俺に聞かれても……。頭を下げたってことは礼をしに来たってことか？　いや、そんなはずは。えっ、もしかして、これが七個目の呪詛？」

「もう何個目とかどうでもいいです‼」

ワタワタと騒ぐ二人の声を聞きつけたかのように、池から戻ってきた青周達が霊宝堂の裏から現れた。